I0762558

JOHN CHEEVER

EL NADADOR

ADIÓS, HERMANO MÍO
EL MARIDO RURAL

Traducción de
Jose Luis López Muñoz
y Jaime Zulaika

Ilustrado por
Pau Gasol Valls

RANDOM HOUSE

ÍNDICE

EL NADADOR

Era uno de esos domingos de mediados de verano en que todo el mundo repite: «Anoche bebí demasiado». Lo susurraban los feligreses al salir de la iglesia, se oía de labios del mismo párroco mientras se despojaba de la sotana en la sacristía, así como en los campos de golf y en las pistas de tenis, y también en la reserva natural donde el jefe del grupo Audubon sufría los efectos de una terrible resaca.

–Bebí demasiado –decía Donald Westerhazy.

–Todos bebimos demasiado –decía Lucinda Merrill.

–Debió de ser el vino –explicaba Helen Westerhazy–. Bebí demasiado clarete.

El escenario de este último diálogo era el borde de la piscina de los Westerhazy, cuya agua, procedente de un pozo artesiano con un alto porcentaje de hierro, tenía una suave tonalidad verde. El tiempo era espléndido. Hacia el oeste se amontonaba un gran cúmulo de nubes, tan parecidas a una ciudad vista desde lejos –desde el puente de un barco que se aproximara– que podrían haber tenido un nombre. Lisboa. Hackensack. El sol calentaba. Neddy Merrill, sentado en el borde de la piscina, tenía una mano dentro del agua y sostenía con la otra una copa de ginebra. Era un hombre esbelto –parecía conservar aún la peculiar esbeltez de la juventud–, y aunque los días de su adolescencia quedaban ya muy lejos, aquella mañana se había deslizado por el pasamanos de la escalera y, en su camino hacia el olor a café que salía del comedor, había dado un sonoro beso en la broncínea espalda a la Afrodita del vestíbulo. Se lo podría haber comparado con un día de verano, en especial con las últimas horas de uno de ellos, y aunque le faltase una raqueta de tenis o bolsa náutica, la impresión era, decididamente, de juventud, de vida deportiva y de buen tiempo. Había estado nadando y ahora respiraba hondo, como si fuera capaz de almacenar en sus pulmones los ingredientes de aquel momento, el calor del sol y la intensidad de su propio placer. Era como si todo le cupiera dentro del pecho. Doce kilómetros hacia el sur, en Bullet Park, estaba su casa, donde sus cuatro hermosas hijas habrían terminado de almorzar y quizá jugasen al tenis en aquel momento. Fue entonces cuando se le ocurrió que si atajaba por el sudoeste podría llegar nadando hasta allí.

No había nada de opresivo en la vida de Ned, y el placer que le produjo aquella idea no puede explicarse reduciéndola a una simple posibilidad de evasión. Le pareció ver, con mentalidad de cartógrafo, la línea de piscinas, la corriente casi subterránea que iba describiendo una curva por todo el condado. Se trataba de un descubrimiento, de una contribución a la geografía moderna, y pondría a esa corriente el nombre de Lucinda, en honor a su esposa. Ned no era ni estúpido ni partidario de las bromas pesadas, pero tenía una clara tendencia a la originalidad, y se consideraba a sí mismo –de manera vaga y sin darle apenas importancia– una figura legendaria. El día era realmente maravilloso, y le pareció que un baño prolongado serviría para acrecentar y celebrar su belleza.

Se desprendió del suéter que le colgaba de los hombros y se tiró de cabeza a la piscina. Ned sentía un inexplicable desprecio por los hombres que no se tiran de cabeza. Nadó a crol pero de forma poco organizada, respirando unas veces con cada brazada y otras solo en la cuarta, y sin dejar de contar, de manera casi subconsciente, el un-dos, un-dos del movimiento de los pies. No era un estilo muy apropiado para largas distancias, pero la utilización doméstica de la natación ha gravado ese deporte con ciertas costumbres, y en la parte del mundo donde habitaba Ned el crol era lo habitual. Sentirse abrazado y sostenido por el agua verde y cristalina, más que un placer, suponía la vuelta a un estado normal de cosas, y a Ned le hubiese gustado nadar sin bañador, pero eso no resultaba posible, debido a la naturaleza de su proyecto. Salió a pulso de la piscina por el otro extremo –nunca usaba la escalerilla–, y comenzó a cruzar el césped. Cuando Lucinda le preguntó adónde iba, respondió que iba a ir nadando hasta casa.

Solo podía utilizar mapas imaginarios o sus recuerdos de los mapas reales, pero eso era suficiente. Primero estaban los Graham, y a continuación los Hammer, los Lear, los Howland y los Crosscup. Cruzaría Ditmar Street para llegar a casa de los Bunker y después de andar un poco pasaría por casa de los

Levy y de los Welcher, para utilizar así también la piscina pública de Lancaster. Luego venían los Halloran, los Sachs, los Biswanger, Shirley Adams, los Gilmartin y los Clyde. El día era estupendo, y vivir en un mundo con tan generosas reservas de agua parecía poner de manifiesto la misericordia y la caridad del universo. Ned se sentía en plena forma, y atravesó el césped corriendo. Volver a casa utilizando un camino desacostumbrado lo hacía sentirse peregrino, explorador; lo hacía sentirse un hombre con un destino, y estaba seguro de encontrar amigos a lo largo de todo el trayecto; no tenía la menor duda de que sus amigos ocuparían las orillas del río Lucinda.

Atravesó el seto que separaba la propiedad de los Westerhazy de la de los Graham, anduvo bajo algunos manzanos en flor, pasó junto al cobertizo que albergaba la bomba y el filtro y salió al lado de la piscina de los Graham.

–¡Hola, Neddy! –dijo la señora Graham–, ¡qué agradable sorpresa! Me he pasado toda la mañana tratando de hablar contigo por teléfono. Déjame que te prepare algo de beber.

Ned comprendió entonces que, como cualquier explorador, necesitaría hacer uso de toda su diplomacia para conseguir que la hospitalidad y las costumbres de los nativos no le impidieran llegar a su destino. No deseaba desconcertar a los Graham ni mostrarse antipático, pero tampoco disponía de tiempo para quedarse allí. Hizo un largo en la piscina y se reunió con ellos al sol; unos minutos más tarde, la llegada de dos automóviles cargados de amigos que venían de Connecticut le facilitó las cosas. Mientras todos se saludaban efusiva

y ruidosamente, Ned pudo escabullirse. Salió por la puerta principal de la finca de los Graham, pasó por encima de un seto espinoso y cruzó un solar vacío para llegar a casa de los Hammer. La dueña de la casa, al levantar la vista de las rosas, vio a alguien que pasaba nadando, pero no llegó a saber de quién se trataba. Los Lear lo oyeron cruzar la piscina a nado a través de las ventanas abiertas de la sala de estar. Los Howland y los Crosscup habían salido. Al dejar la casa de los Howland, Ned cruzó Ditmar Street y se dirigió hacia la finca de los Bunker, desde donde, ya a aquella distancia, le llegaba el alboroto de una fiesta.

El agua devolvía el sonido de las voces y de las risas, y daba la impresión de dejarlas suspendidas en el aire. La piscina de los Bunker estaba en alto, y Ned tuvo que subir unos cuantos escalones hasta llegar a la terraza, donde unas veinticinco o treinta personas charlaban y bebían. Rusty Towers era el único que se hallaba dentro del agua, flotando sobre una balsa de goma. ¡Qué hermosas eran las orillas del río Lucinda y qué maravillosa vegetación crecía en ellas! Acaudalados hombres y mujeres se reunían junto a sus aguas color zafiro, mientras serviciales criaturas de blancas chaquetas les servían ginebra fría. Sobre sus cabezas, una avioneta roja de las que se utilizaban para dar clases de vuelo daba vueltas y más vueltas, y sus evoluciones hacían pensar en el regocijo de un niño subido en un columpio. Ned sintió un momentáneo afecto por aquella escena, una ternura que era casi como una sensación física, motivada por algo tangible. Oyó un trueno a lo lejos. Enid Bunker se puso a gritar nada más verlo.

—¡Mirad quién está aquí! ¡Qué sorpresa tan maravillosa! Cuando Lucinda dijo que no podías venir, creí que iba a morirme.

Ned se abrió camino entre la multitud en su dirección y, cuando terminaron de besarse, Enid lo llevó hacia el bar; avanzaron lentamente porque Ned tuvo que pararse para besar a otras ocho o diez mujeres y estrechar la mano de otros tantos hombres. Un barman sonriente al que había visto ya antes en un centenar de fiestas le dio una ginebra con tónica, y Ned se quedó allí un instante, temeroso de tener que participar en alguna conversación que pudiera retrasar su viaje. Cuando parecía que iba a verse rodeado, se tiró a la piscina y nadó pegado al borde para evitar la balsa de Rusty. Al salir por el otro lado se cruzó con los Tomlinson; los obsequió con una cordial sonrisa y echó a andar rápidamente por el sendero del jardín. La grava le hacía daño en los pies, pero esa era la única sensación desagradable. La fiesta se celebraba únicamente en los alrededores de la piscina y, al llegar junto a la casa, Ned notó que se había debilitado el sonido de las voces. En la cocina de los Bunker alguien oía por la radio un partido de béisbol. Domingo por la tarde. Tuvo que avanzar en zigzag entre los coches aparcados y llegó hasta Alewives Lane siguiendo el césped que bordeaba el camino de grava de los Bunker. Ned no quería que lo vieran en la carretera en traje de baño, pero no había tráfico y cruzó enseguida los pocos metros que lo separaban del sendero de grava de los Levy, con un cartel de PROPIEDAD PRIVADA y un contenedor cilíndrico de color verde para el *New York Times*. Todas las puertas y las ventanas de la amplia

casa estaban abiertas, pero no había signos de vida; ni siquiera un perro que ladrara. Ned rodeó el edificio y al llegar a la piscina vio que los Levy acababan de marcharse. Sobre una mesa al otro extremo de la piscina, cerca de un cenador adornado con linternas japonesas, había una mesa con vasos, botellas y platos con cacahuetes, almendras y avellanas. Después de atravesar la piscina a nado, Ned se sirvió ginebra en un vaso. Era la cuarta o la quinta copa, y había nadado aproximadamente la mitad del curso del río Lucinda. Se sentía cansado, limpio y, en ese momento, satisfecho de encontrarse solo; satisfecho con el mundo en general.

Se avecinaba una tormenta. La masa de nubes –aquella ciudad– se había elevado y oscurecido, y mientras descansaba allí un momento, oyó otra vez el retumbar de un trueno. La avioneta roja seguía dando vueltas, y a Ned casi le parecía oír la risa placentera del piloto flotando en el aire de la tarde; pero al oír el fragor de otro trueno se puso de nuevo en movimiento. El pitido de un tren lo hizo preguntarse qué hora sería. ¿Las cuatro, las cinco? Se imaginó la estación local, donde, en ese momento, un camarero con el esmoquin oculto bajo un impermeable, un enano con un ramo de flores envuelto en papel de periódico y una mujer que había estado llorando esperarían el tren de cercanías. Estaba oscureciendo de pronto; era el instante en que los atolondrados pájaros parecían organizar su canto en un anuncio, preciso y bien informado, de la proximidad de la tormenta. Se oyó entonces un agradable ruido de agua cayendo desde la copa de un roble, como si alguien hubiera abierto una espita. Después, el ruido como de fuentes se extendió a las copas de todos los árboles altos. ¿Por qué le gustaban las tormentas? ¿Por qué se animaba tanto cuando las puertas se abrían con violencia y el viento que arrastraba gotas de lluvia trepaba a empellones por las escaleras? ¿Por qué la simple tarea de cerrar las ventanas de una casa antigua le parecía tan necesaria y urgente? ¿Por qué los primeros compases húmedos de un viento de tormenta constituían siempre el anuncio de alguna buena nueva, de algún suceso reconfortante y alegre? Enseguida se oyó una explosión, acompañada de un olor como de pólvora, y la lluvia azotó las linternas japonesas que la señora Levy había comprado en Kioto dos años antes, ¿o fue el año anterior?

Ned se quedó en el cenador de los Levy hasta que pasó la tormenta. La lluvia había enfriado el aire, y un escalofrío le recorrió el cuerpo. La fuerza del viento había arrancado las hojas secas y amarillas de un arce y las había esparcido sobre la hierba y el agua. Como estaban aún a mediados de verano, Ned supuso que el árbol se hallaba enfermo, pero sintió una extraña tristeza ante ese signo del otoño. Hizo unos movimientos gimnásticos, apuró la ginebra y se dirigió hacia la piscina de los Welcher. Eso significaba cruzar el picadero de los Lindley, y le sorprendió encontrar la hierba demasiado crecida y los obstáculos desmantelados. Se preguntó si los Lindley habrían vendido sus caballos o si se habrían ausentado durante el verano, dejando sus animales al cuidado de otras personas. Le pareció recordar que había oído algo acerca de los Lindley y de sus caballos, pero no sabía exactamente qué. Siguió adelante, notando la hierba húmeda contra los pies descalzos, en dirección a la casa de los Welcher, donde se encontró con que la piscina estaba vacía.

Esa ruptura en la continuidad de su río imaginario le produjo una absurda decepción, y se sintió como un explorador que busca las fuentes de un torrente y encuentra un cauce seco. Ned notó que lo dominaban el desconcierto y la decepción. Era bastante normal que los vecinos de aquella zona se marcharan durante el verano, pero nadie vaciaba la piscina. Los Welcher se habían ido definitivamente. Las sillas, las mesas y las hamacas de la piscina estaban dobladas, amontonadas y cubiertas con lonas. Los vestuarios, cerrados, y lo mismo sucedía con todas las ventanas de la casa, y cuando la rodeó hasta llegar al camino de grava que llevaba hasta la puerta principal se encontró con un cartel que decía SE VENDE, clavado en un árbol. ¿Cuándo había oído hablar de los Welcher por última vez? ¿Cuándo –habría que decir, más exactamente– Lucinda y él se habían disculpado por última vez al recibir una invitación suya para cenar? No daba la impresión de que hubiese transcurrido más de una semana. ¿Le fallaba la memoria, o la tenía tan disciplinada contra los sucesos desagradables que llegaba a falsear la realidad? A lo lejos oyó que alguien jugaba un partido de tenis. Aquello lo animó, disipando todas sus aprensiones y permitiéndole enfrentarse con indiferencia al cielo oscurecido y al aire frío. Aquel era el día en que Neddy Merrill iba a atravesar a nado el condado. ¡Aquel era el día! Emprendió entonces la etapa más difícil de su viaje.

Alguien que hubiese salido a pasear en coche aquella tarde de domingo podría haberlo visto, casi desnudo, en la cuneta de la ruta 424, esperando una oportunidad para cruzar al otro lado. Se le podría haber tomado por la víctima de alguna apuesta insensata, o por una persona a quien se le ha estropeado el coche, o, simplemente, por un chiflado. Junto al asfalto, con los pies descalzos –entre latas de cerveza vacías, trapos sucios y parches para neumáticos desechados–, expuesto al ridículo, resultaba penoso. Ned sabía desde el principio que aquello era parte de su recorrido, que figuraba en sus mapas, pero al enfrentarse con las largas filas de coches que culebreaban bajo la luz del verano, descubrió que no estaba preparado psicológicamente. Los ocupantes de los automóviles se reían de él, lo tomaban a broma, y llegaron incluso a tirarle una lata de cerveza, y él no tenía ni dignidad ni humor que aportar a aquella situación. Podría haberse vuelto atrás, regresar a casa de los Westerhazy, donde Lucinda estaría aún sentada al sol. No había firmado nada, no había prometido nada, no se había apostado nada, ni siquiera consigo mismo. ¿Por qué, creyendo como creía que toda humana testarudez era susceptible de ceder ante el sentido común, se sabía incapaz de volver atrás? ¿Por qué estaba decidido a terminar el recorrido, aun a costa de poner en peligro su vida? ¿En qué momento aquella travesura, aquella broma, aquella payasada se había convertido en algo muy serio? No estaba en condiciones de volver atrás, ni siquiera recordaba con claridad las verdes aguas de la piscina

de los Westerhazy, ni el placer de aspirar los componentes de aquel día, ni las serenas y amistosas voces que se lamentaban de haber bebido demasiado. En una hora aproximadamente, Ned había cubierto una distancia que hacía imposible el regreso.

Un anciano que conducía a veinticinco kilómetros por hora le permitió llegar hasta la mediana de la autopista, donde había una franja de césped. Allí se vio expuesto a las bromas del tráfico que avanzaba en dirección contraria, pero al cabo de unos diez minutos o un cuarto de hora consiguió cruzar. Desde allí solo tenía que andar un poco para llegar al centro recreativo situado a las afueras de Lancaster, que disponía de varios frontones y de una piscina pública.

La peculiar resonancia de las voces cerca del agua, la sensación de brillantez y de tiempo detenido eran las mismas que antes en casa de los Bunker, pero aquí los sonidos resultaban más fuertes, más agrios y más penetrantes, y tan pronto como entró en aquel espacio abarrotado de gente, Ned tuvo que someterse a las molestias de la reglamentación: TODOS LOS BAÑISTAS TIENEN QUE DUCHARSE ANTES DE USAR LA PISCINA. TODOS LOS BAÑISTAS DEBEN UTILIZAR EL PEDILUVIO. TODOS LOS BAÑISTAS DEBEN LLEVAR LA PLACA DE IDENTIFICACIÓN. Ned se duchó, se lavó los pies en una oscura y desagradable solución y llegó hasta el borde de la piscina. Apestaba a cloro y le recordó a un fregadero. Sendos monitores desde sus respectivas torres hacían sonar sus silbatos a intervalos aparentemente regulares, increpando además a los bañistas mediante un sistema de megafonía. Ned recordó con nostalgia las aguas color zafiro de los Bunker y pensó que podía contaminarse –echar a perder su prosperidad y disminuir su atractivo personal– nadando en aquella ciénaga, pero recordó que era un explorador, un peregrino, y que aquello no pasaba de ser un remanso de aguas estancadas en el río Lucinda. Se tiró al cloro con ceñuda expresión de disgusto y no le quedó más remedio que nadar con la cabeza fuera para evitar colisiones, pero incluso así lo empujaron, lo salpicaron y le dieron codazos. Cuando llegó al lado menos profundo de la piscina, los dos monitores le estaban gritando:

–¡A ver, ese, ese que no lleva placa de identificación, que salga del agua!

Ned así lo hizo, pero los otros no estaban en condiciones de perseguirlo y, dejando atrás el desagradable olor de las cremas bronceadoras y del cloro, saltó una valla de poca altura y atravesó los frontones. Le bastó cruzar la carretera para entrar en la parte arbolada de la propiedad de los Halloran. Nadie se había preocupado de arrancar la maleza que crecía entre los árboles, y tuvo que avanzar con grandes precauciones hasta llegar al césped y al seto de hayas recortadas que rodeaba la piscina.

Los Halloran eran amigos suyos; se trataba de unas personas de edad avanzada y enormemente ricos, que parecían regocijarse cuando alguien los consideraba sospechosos de filocomunismo. Eran reformadores llenos de celo, pero no comunistas; sin embargo, cuando alguien los acusaba de subversivos, como sucedía a veces, parecían agradecerlo y sentirse rejuvenecidos. Las hojas del seto de hayas también se habían vuelto amarillas, y Ned supuso que probablemente padecían la misma enfermedad que el arce de los Levy. Gritó «¡Hola!» dos veces para que los Halloran advirtieran su presencia y de esa forma la invasión de su intimidad no resultara demasiado brusca. Los Halloran, por razones que nunca le habían sido explicadas, no utilizaban trajes de baño. En realidad, no hacía falta ninguna explicación. Su desnudez era un detalle de su celo reformista libre de prejuicios, y Ned se quitó cortésmente el bañador antes de entrar en el espacio limitado por el seto de hayas.

La señora Halloran, una mujer corpulenta de cabello blanco y expresión serena, leía el *Times*. Su marido sacaba hojas de haya de la piscina con una red. No parecieron ni sorprendidos ni disgustados al verlo. Su piscina era quizá la más antigua de la región, un rectángulo construido con piedras cogidas del campo, alimentado por un arroyo. Carecía de filtro o de bomba, y sus aguas tenían la dorada opacidad de la corriente.

–Estoy atravesando a nado el condado –dijo Ned.

–Vaya, no sabía que se pudiera hacer eso –exclamó la señora Halloran.

–Bueno, he empezado en casa de los Westerhazy –dijo Ned–. Debo de haber recorrido unos seis kilómetros.

Dejó el bañador junto al extremo más hondo de la piscina, fue andando hasta el otro lado y nadó aquella distancia. Mientras salía a pulso del agua, oyó decir a la señora Halloran:

–Sentimos mucho que te hayan ido tan mal las cosas, Neddy.

–¿Lo mal que me han ido las cosas? No sé de qué me está usted hablando.

–¿No? Hemos oído que has vendido la casa y que tus pobres hijas...

–No recuerdo haber vendido la casa –dijo Ned–. En cuanto a las chicas, no les ha pasado nada, que yo sepa.

–Sí –suspiró la señora Halloran–. Claro...

Su voz llenaba el aire con una melancolía intemporal, y Ned la interrumpió precipitadamente:

–Gracias por el baño.

–Que tengas una travesía agradable –dijo la señora Halloran.

Al otro lado del seto, Ned se puso el bañador y tuvo que apretárselo. Le estaba un poco grande, y se preguntó si era posible que hubiera perdido peso en una tarde. Tenía frío, estaba cansado, y la desnudez de los Halloran y el agua oscura de su piscina lo habían deprimido. Aquella travesía era demasiado para sus fuerzas, pero ¿cómo podía haberlo previsto mientras se deslizaba aquella mañana por el pasamanos de la escalera o cuando estaba sentado al sol en casa de los Westerhazy? Los brazos no le respondían. Las piernas parecían de goma y le dolían las articulaciones. Lo peor de todo era el frío en los huesos y la sensación de que nunca volvería a entrar en calor. Caían hojas de los árboles y el viento le trajo olor a humo. ¿Quién podía estar quemando hojarasca en aquella época del año?

Necesitaba un trago. El whisky lo calentaría, le levantaría el ánimo, lo sostendría hasta el final de su viaje, renova-

ría su convicción de que atravesar a nado aquella zona era un proyecto original que exigía valor. Los nadadores que recorren grandes distancias toman coñac. Necesitaba un estimulante. Cruzó la zona de césped que había delante de la casa de los Halloran, y siguió andando hasta el pabellón que habían construido para Helen, su única hija, y para su marido, Eric Sachs. Ned encontró a los Sachs en su piscina, que era bastante pequeña.

–¡Neddy! –exclamó Helen–. ¿Has almorzado en casa de mi madre?

–No exactamente –dijo Ned–. He entrado un momento a saludar a tus padres. –No parecía que hiciese falta dar más explicaciones–. Siento mucho presentarme así, de sorpresa, pero me ha dado un escalofrío de pronto y me preguntaba si podríais ofrecerme una copa.

–Me encantaría hacerlo –dijo Helen–, pero no tenemos nada para beber desde la operación de Eric. Y de eso hace ya tres años.

¿Estaba perdiendo la memoria, o era acaso que su capacidad para ignorar acontecimientos penosos le había permitido olvidarse de la venta de su casa, de las dificultades de sus hijas y de la enfermedad de su amigo Eric? La mirada de Ned se desplazó del rostro de Eric a su vientre, donde vio tres cicatrices antiguas, más blancas que el resto de la piel, dos de ellas de treinta centímetros de largo por lo menos. El ombligo había desaparecido, y Ned pensó en el desconcierto de una mano inquisitiva que, al buscar en la cama a las tres de la mañana los atributos masculinos, se encontrara con un vientre sin ombligo, sin vínculo con el pasado, sin continuidad en la sucesión natural de los seres.

–Estoy segura de que encontrarás algo de beber en casa de los Biswanger –dijo Helen–. Dan una fiesta por todo lo alto. Se los oye desde aquí. ¡Escucha!

Helen alzó la cabeza y, desde el otro lado de la carretera, desde el otro lado de los jardines, de los bosques, de los campos, Ned oyó de nuevo el ruido, lleno de resonancias, de las voces cerca del agua.

–Bueno, voy a darme un remojón –dijo, notando que carecía aún de libertad de elección sobre su manera de viajar. Se tiró de cabeza al agua fría y, faltándole el aliento, casi a punto de ahogarse, cruzó la piscina de un extremo a otro–. Lucinda y yo tenemos muchas ganas de veros –dijo vuelto de espaldas, con el cuerpo orientado ya hacia la casa de los Biswanger–. Sentimos mucho que haya pasado tanto tiempo sin vernos, y os llamaremos cualquier día de estos.

Ned tuvo que cruzar algunos campos hasta la casa de los Biswanger y los sonidos festivos que salían de ella. Sería un honor para los dueños ofrecerle una copa, se sentirían felices de darle de beber. Los Biswanger los invitaban a cenar –a Lucinda y a él– cuatro veces al año con seis semanas de anticipación. Ellos nunca aceptaban, pero los Biswanger continuaban enviando invitaciones como si fueran incapaces de comprender las rígidas y antidemocráticas normas de la sociedad en la que vivían. Pertenecían a ese tipo de personas que hablan de precios durante los cócteles, que se hacen confidencias sobre inversiones bursátiles durante la cena y que después cuentan

chistes verdes cuando están presentes las señoras. No pertenecían al grupo de amistades de Neddy; ni siquiera figuraban en la lista de personas a las que Lucinda enviaba felicitaciones de Navidad. Se dirigió hacia la piscina con sentimientos a mitad de camino entre la conciencia de su superioridad y el deseo de mostrarse amable, y también con algún desasosiego porque parecía que estaba oscureciendo pese a que aquellos eran los días más largos del año. La fiesta era ruidosa y había mucha gente. Grace Biswanger pertenecía al tipo de anfitriona que invitaba al óptico, al veterinario, al corredor de fincas y al dentista. No había nadie nadando en la piscina, y el crepúsculo, al reflejarse en el agua, despedía un brillo invernal. Ned se dirigió al bar. Cuando Grace Biswanger lo vio, avanzó hacia él, pero no con gesto afectuoso, como él había esperado, sino de la forma más hostil imaginable.

–Vaya, en esta fiesta hay de todo –comentó alzando mucho la voz–, incluso personas que se cuelan.

Grace no estaba en condiciones de hacerle un feo social, no tenía ni la más remota posibilidad, de manera que Ned no se echó atrás.

–En mi calidad de gorrón –preguntó cortésmente–, ¿tengo derecho a tomar una copa?

–Haga lo que guste –dijo ella–. No parece que las invitaciones signifiquen mucho para usted.

Le dio la espalda y se reunió con otros invitados. Ned se acercó al bar y pidió un whisky. El barman se lo sirvió, pero de forma descortés. El mundo de Ned era un mundo en el que los camareros estaban al tanto de los matices sociales, y verse desairado por un barman a media jornada significaba haber perdido puntos en la escala social. O quizás aquel hombre era novato y le faltaba información. Enseguida oyó cómo Grace decía a su espalda:

–Se arruinaron de la noche a la mañana; no les quedó más que su sueldo, y él apareció borracho un domingo y nos pidió que le prestáramos cinco mil dólares...

Siempre hablando de dinero. Aquello era peor que llevarse el cuchillo a la boca. Ned se zambulló en la piscina, hizo un largo y se marchó.

La siguiente piscina de la lista, la antepenúltima, pertenecía a su antigua amante, Shirley Adams. Si había sufrido alguna herida en casa de los Biswanger, aquel era el lugar ideal para curarla. El amor –los violentos juegos sexuales, para ser más exactos– era el supremo elixir, el remedio contra todos los males, la píldora mágica capaz de rejuvenecerlo y de devolverle la alegría de vivir. Habían tenido una aventura la semana pasada, o el mes último, o el año anterior. No se acordaba. Pero había sido él quien había decidido acabar, y eso lo colocaba en una situación privilegiada, de manera que cruzó la puerta de la valla que rodeaba la piscina de Shirley repleto de confianza en sí mismo. En cierta forma, era como si la piscina fuese suya, porque la persona amada, especialmente si se trata de un amor ilícito, goza de la posesión de la amante con una plenitud desconocida en el sagrado vínculo del matrimonio. Shirley estaba allí, con sus cabellos color de bronce, pero su figura, al borde del agua de color azul intenso, iluminada por la luz eléctrica, no despertó en él ninguna emoción profunda.

No había sido más que una aventurilla, pensó, aunque Shirley había llorado cuando él decidió romper. Pareció turbada al verlo, y Ned se preguntó si se sentiría aún herida. ¿Acaso iba, Dios no lo quisiera, a echarse a llorar de nuevo?

–¿Qué quieres? –le preguntó ella.

–Estoy nadando a través del condado.

–¡Santo cielo! ¿Te comportarás alguna vez como una persona adulta?

–¿Se puede saber qué te pasa?

–Si has venido buscando dinero –dijo ella–, no voy a darte ni un centavo.

–Puedes darme algo de beber.

–Puedo, pero no quiero. No estoy sola.

–Bueno, me marcho enseguida.

Ned se tiró al agua e hizo un largo, pero cuando intentó alzarse hasta el borde para salir de la piscina, descubrió que sus brazos y sus hombros no tenían fuerza; llegó como pudo a la escalerilla y salió del agua. Al mirar por encima del hombro, vio a un hombre joven en los vestuarios iluminados. Al cruzar el césped –ya se había hecho completamente de noche– le llegó un aroma de crisantemos o de caléndulas, decididamente otoñal, y tan intenso como el olor a gasolina. Levantó la vista y comprobó que habían salido las estrellas, pero ¿por qué tenía la impresión de ver Andrómeda, Cefeo y Casiopea? ¿Qué se había hecho de las constelaciones de pleno verano? Ned se echó a llorar.

Era probablemente la primera vez que lloraba en toda su vida de adulto, y desde luego la primera vez en su vida que se

sentía tan desdichado, con tanto frío, tan cansado y tan desconcertado. No entendía los malos modos del barman ni el mal humor de una amante que se había arrastrado hasta él de rodillas y le había mojado el pantalón con sus lágrimas. Había nadado demasiado, había pasado demasiado tiempo bajo el agua, y tenía irritadas la nariz y la garganta. Necesitaba una copa, necesitaba compañía y ponerse ropa limpia y seca, y aunque podría haberse encaminado directamente hacia su casa por la carretera, se fue a la piscina de los Gilmartin. Allí, por primera vez en su vida, no se tiró, sino que descendió los escalones hasta el agua helada y nadó dando unas renqueantes brazadas de costado que quizás había aprendido en su adolescencia. Camino de casa de los Clyde, se tambaleó a causa del cansancio y, una vez en la piscina, tuvo que detenerse una y otra vez mientras nadaba para sujetarse con la mano en el borde y descansar. Trepó por la escalerilla y se preguntó si le quedaban fuerzas para llegar a casa. Había cumplido su deseo, había nadado a través del condado, pero estaba tan embotado por la fatiga que su triunfo carecía de sentido. Encorvado, agarrándose a los pilares de la entrada en busca de apoyo, Ned torció por el sendero de grava de su propia casa.

Todo estaba a oscuras. ¿Era tan tarde que ya se habían ido a la cama? ¿Se habría quedado su mujer a cenar en casa de los Westerhazy? ¿Habrían ido las chicas a reunirse con ella o se habrían marchado a cualquier otro sitio? ¿No se habían puesto previamente de acuerdo, como solían hacer los domingos, para rechazar las invitaciones y quedarse en casa? Ned intentó abrir las puertas del garaje para ver qué coches había dentro, pero la puerta estaba cerrada con llave y se le mancharon las manos de orín. Al acercarse más a la casa vio que la violencia de la tormenta había separado de la pared una de las tuberías de desagüe para la lluvia. Ahora colgaba por encima de la entrada principal como una varilla de paraguas, pero no costaría arreglarla por la mañana. La puerta de la casa también estaba cerrada con llave, y Ned pensó que habría sido una ocurrencia de la estúpida de la cocinera o de la estúpida de la doncella, pero enseguida recordó que desde hacía ya algún tiempo no habían vuelto a tener ni cocinera ni doncella. Gritó, golpeó la puerta, intentó forzarla golpeándola con el hombro; después, al mirar a través de las ventanas, se dio cuenta de que la casa estaba vacía.

ADIÓS, HERMANO MÍO

La nuestra es una familia que siempre ha estado muy unida espiritualmente. Nuestro padre se ahogó en un accidente navegando a vela cuando éramos muy jóvenes, y nuestra madre siempre ha insistido en el hecho de que nuestras relaciones familiares poseen una estabilidad que nunca volveremos a encontrar. No pienso con mucha frecuencia en la familia, pero cuando me acuerdo de sus miembros, de la costa en la que viven y de la sal marina que creo que corre por nuestras venas, me alegro de ser un Pommeroy –de tener la misma nariz, el mismo color de piel y la misma promesa de longevidad– y de que, si bien no somos una familia distinguida, nos hacemos la ilusión, cuando nos hallamos reunidos, de que los Pommeroy son únicos. No digo todo esto porque me interese la historia familiar o porque este sentimiento de singularidad sea muy profundo o tenga mucha importancia para mí, sino para dejar constancia de que somos leales unos con otros a pesar de nuestras diferencias, y de que cualquier fallo en el mantenimiento de esta lealtad es una fuente de confusión y de dolor.

Somos cuatro hijos; mi hermana Diana y los tres varones: Chaddy, Lawrence y yo. Como la mayoría de las familias con hijos de más de treinta años, nos hemos visto separados por razones profesionales, por el matrimonio y por la guerra. Helen y yo vivimos ahora en Long Island, con nuestros cuatro hijos. Yo doy clases en un internado de secundaria, y aunque ya he pasado la edad en que podría tener esperanzas de que me nombraran director, siento respeto por mi trabajo. Chaddy, que es quien ha tenido más éxito de todos los hermanos, vive en Manhattan, con Odette y los chicos. Nuestra madre reside en Filadelfia, y Diana, desde su divorcio, ha estado viviendo en Francia, pero vuelve a Estados Unidos durante el verano para pasar un mes en Laud's Head. Laud's Head es un lugar de veraneo a la orilla de una de las islas de Massachusetts. Allí teníamos un chalet, y en los años veinte nuestro padre construyó la casa grande. Se alza en una colina sobre el mar y, con la excepción de Saint-Tropez y de algunas aldeas de los Apeninos, es el sitio del mundo que más me gusta. Cada uno de nosotros tiene una participación en la propiedad, y todos contribuimos con cierta cantidad de dinero a su mantenimiento.

Lawrence, el más joven de los hermanos, que es abogado, consiguió trabajo en una empresa de Cleveland después de la guerra, y ninguno de nosotros lo vio durante cuatro años. Cuando decidió marcharse de Cleveland e ir a trabajar a Albany, escribió a madre diciéndole que, aprovechando el traslado, pasaría diez días en Laud's Head con su mujer y sus dos hijos. Yo había planeado disfrutar de mis vacaciones por entonces –después de dar clases en un curso de verano–, y Helen,

Chaddy, Odette y Diana iban a estar allí, de manera que la familia se reuniría al completo. Lawrence es el hermano con el que todos los demás tenemos menos cosas en común. Nunca hemos pasado mucho tiempo con él, e imagino que esa es la razón de que sigamos llamándolo Tifty: un mote que se le puso cuando niño porque, al avanzar por el pasillo camino del comedor para desayunar, sus zapatillas hacían un ruido que sonaba como «tifty, tifty, tifty». Padre lo llamaba así, y lo mismo hacíamos todos los demás. Cuando se hizo mayor, Diana lo llamaba a veces Little Jesus, y madre, con mucha frecuencia, el Gruñón. No teníamos buenos recuerdos de Lawrence, pero esperábamos su vuelta con una mezcla de recelo y lealtad, y con algo de la alegría y la satisfacción que produce recobrar a un hermano.

Lawrence tomó el barco de las cuatro de la tarde, un día de finales de verano, para venir a la isla, y Chaddy y yo fuimos a recibirlo. Las llegadas y las salidas del transbordador del verano tienen todos los signos exteriores de un viaje –sirenas, campanas, carretillas de mano, olor a salitre–, pero es un trayecto sin importancia, y cuando vi entrar el barco en el puerto azul aquella tarde y pensé que estaba finalizando un trayecto sin importancia, me di cuenta de que se me había ocurrido exactamente el tipo de comentario que Lawrence hubiese hecho. Buscamos su rostro detrás de los parabrisas mientras los automóviles abandonaban el barco, y no nos costó ningún trabajo reconocerlo. Nos acercamos corriendo y le estrechamos la mano, y besamos torpemente a su mujer y a los niños.

–¡Tifty! –gritó Chaddy–. ¡Tifty!

Es difícil emitir juicios sobre los cambios en el aspecto de un hermano, pero Chaddy y yo estuvimos de acuerdo, mientras volvíamos a Laud's Head, en que Lawrence seguía pareciendo muy joven. Él entró primero en la casa, y nosotros sacamos sus maletas del coche. Cuando entré yo, él estaba de pie en el cuarto de estar, hablando con madre y con Diana, que llevaban sus mejores galas y todas sus joyas, y lo estaban recibiendo como si fuera el hijo pródigo, pero incluso en ese momento, cuando todo el mundo se esforzaba por parecer más afectuoso y cuando ese tipo de esfuerzos consiguen los mejores resultados, yo ya era consciente de la presencia de cierto nerviosismo en la habitación. Pensando en todo esto mientras subía las pesadas maletas de Lawrence escaleras arriba, me di cuenta de que nuestras antipatías están tan profundamente arraigadas como nuestros mejores sentimientos, y recordé que una vez, veinticinco años atrás, cuando acerté a Lawrence con una piedra en la cabeza, él se levantó y fue directamente a quejarse a nuestro padre.

Subí las maletas al tercer piso, donde Ruth, la mujer de Lawrence, había comenzado a instalar a su familia. Ruth es una chica muy delgada, y parecía muy cansada del viaje, pero cuando le pregunté si quería que le subiera una copa, dijo que le parecía que no.

Cuando bajé, Lawrence había desaparecido, pero los demás estaban listos para los cócteles, y decidimos empezar. Lawrence es el único miembro de la familia que nunca ha disfrutado bebiendo. Nos llevamos las copas a la terraza para poder contemplar los acantilados, el mar y las islas del este, y el regreso de Lawrence y de su mujer, su presencia en la casa, parecían estimular nuestras reacciones ante aquel panorama tan familiar; era como si el placer que sin duda experimentarían ante la amplitud y el colorido de aquella costa, después de tan larga ausencia, nos hubiese sido concedido a nosotros. Mientras estábamos allí, Lawrence apareció por el sendero que llevaba a la playa.

–¿No es fabulosa la playa, Tifty? –preguntó madre–. ¿No te parece maravilloso estar de vuelta? ¿Quieres un martini?

–Me da igual –dijo Lawrence–. Whisky, ginebra... me da lo mismo beber una cosa que otra. Ponme un poco de ron.

–No tenemos ron –repuso madre. Fue el primer síntoma de aspereza. Ella nos había enseñado a no mostrarnos nunca indecisos, a no responder nunca como Lawrence lo había hecho. Además, le preocupa extraordinariamente la corrección en los modales, y cualquier cosa anómala, como beber ron solo o llevar una lata de cerveza a la mesa, le produce un desasosiego al que, a pesar de su amplio sentido del humor, es incapaz de sobreponerse. Madre se dio cuenta de la aspereza en su tono de voz y se esforzó por enmendarlo–. ¿No te gustaría un poco de whisky irlandés, cariño? ¿No es eso lo que siempre te ha gustado? Hay una botella en el aparador. ¿Por qué no te sirves un poco de whisky irlandés?

Lawrence dijo que le daba lo mismo. Se sirvió un martini, y enseguida apareció Ruth y nos sentamos a la mesa.

A pesar de que, esperando a Lawrence, habíamos bebido demasiado antes de cenar, todos estábamos deseosos de esmerarnos y de disfrutar de un rato tranquilo. Madre es una mujer pequeña cuyo rostro tiene aún una sorprendente capacidad para recordar lo bonita que debió de ser, y cuya conversación resulta extraordinariamente animada, pero aquella velada estuvo hablando de un proyecto de recuperación de terrenos en la parte alta de la isla. Diana es tan guapa como madre debió de serlo; es una mujer encantadora y muy alegre, a quien le gusta hablar de los disolutos amigos que ha hecho en Francia, pero aquella noche nos contó cómo era el colegio suizo en el que había dejado a sus dos hijos. Me di cuenta de que la cena había sido planeada para agradar a Lawrence. No resultó demasiado pesada y no comimos nada que pudiera hacerle pensar en despilfarros.

Después de cenar, cuando volvimos a la terraza, las nubes estaban iluminadas por ese tipo de luz que parece sangre, y me alegré de que Lawrence encontrara una puesta de sol tan sensacional el día de su vuelta a casa. Cuando llevábamos allí unos minutos, un hombre llamado Edward Chester vino a buscar a Diana. Lo había conocido en Francia, o en el barco durante el viaje de vuelta, y él estaba pasando diez días en el hostal del pueblo. Le presentamos a Lawrence y a Ruth, y luego Diana y él se marcharon.

–¿Es con ese con el que se acuesta ahora? –preguntó Lawrence.

–¿Hace falta decir algo tan desagradable? –replicó Helen.

–Deberías pedir disculpas, Tifty –dijo Chaddy.

–No lo sé –contestó madre con aire cansado–. No lo sé, Tifty. Diana puede hacer lo que quiera, y yo no le hago preguntas sórdidas. Es mi única hija. No la veo con mucha frecuencia.

–¿Vuelve a Francia?

–Se marcha dentro de dos semanas.

Lawrence y Ruth estaban sentados en el borde de la terraza, fuera del círculo formado por las sillas. Quizá debido al gesto hosco de su boca, mi hermano me pareció en aquel momento un clérigo puritano. A veces, cuando trato de entender su estado de ánimo, pienso en los comienzos de nuestra familia en este país, y su condena de Diana y de su amante me lo recordó. La rama de los Pommeroy a la que pertenecemos fue fundada por un sacerdote que recibió los elogios de Cotton Mather por su incansable renuncia al diablo. Los Pommeroy fueron ministros del Señor hasta mediados del siglo XIX, y el rigor de sus ideas –el hombre es un ser desdichado, y toda belleza terrenal está viciada y corrompida– ha sido conservado en libros y sermones. El carácter de nuestra familia cambió en cierta manera y se hizo más despreocupado, pero cuando yo iba al colegio, recuerdo una colección de parientes de edad avanzada que parecían volver a los oscuros días del ministerio eclesiástico y estar animados por un perpetuo sentimiento de culpa y por la deificación del castigo divino. Si a uno lo educan en ese ambiente –y en cierta manera, tal era nuestro caso–, creo que es muy difícil para el espíritu rechazar los hábitos de culpabilidad, abnegación, tendencia al silencio y espíritu de penitencia, y tuve la impresión de que Lawrence había sucumbido ante aquella prueba espiritual.

–¿Es Casiopea esa estrella? –preguntó Odette.

–No, querida –dijo Chaddy–. Esa no es Casiopea.

–¿Quién era Casiopea? –quiso saber Odette.

–Era la mujer de Cefeo y la madre de Andrómeda –dije yo.

–La cocinera es una forofa de los Giants –comentó Chaddy–. Está incluso dispuesta a darte dinero si ganan la liga.

Había oscurecido tanto que veíamos en el cielo la luz del faro del cabo Heron. En la negrura bajo el acantilado, resonaban las continuas detonaciones de la marea. Y entonces madre empezó a hablar, como sucede con frecuencia cuando está anocheciendo y ha bebido mucho antes de cenar, de las mejoras y de las ampliaciones que se harían algún día en la casa, de las nuevas alas, los cuartos de baño y los jardines.

–Esta casa estará en el mar dentro de cinco años –señaló Lawrence.

–Tifty el Gruñón –dijo Chaddy.

–No me llames Tifty –replicó Lawrence.

–Little Jesus –dijo Chaddy.

–El rompeolas está lleno de grietas –dijo Lawrence–. Lo he visto antes de cenar. Tuvisteis que repararlo hace cuatro años, y costó ocho mil dólares. No podéis hacer eso cada cuatro años.

–Por favor, Tifty –intervino madre.

–Los hechos son los hechos –insistió Lawrence–, y es una idea descabellada construir una casa al borde de un acantilado en una costa que se está hundiendo en el mar. En los años que llevo vivo, ha desaparecido la mitad del jardín, y hay más de un metro de agua donde solíamos tener la caseta para cambiarnos.

–¿Por qué no hablamos de un tema más general? –dijo madre amargamente–. De política, o del baile en el club náutico.

–De hecho –continuó Lawrence–, la casa peligra ya en estos momentos. Si tuvierais una marea inusualmente alta, o una fuerte tormenta, el rompeolas podría derrumbarse y la casa se vendría abajo. Podríamos ahogarnos todos.

–No lo soporto más –exclamó madre.

Fue a la despensa y regresó con un vaso lleno de ginebra.

Soy ya demasiado viejo para creerme capaz de juzgar los sentimientos de los demás, pero sí me daba cuenta de la tensión entre Lawrence y madre, y estaba al tanto de parte de su historia. Lawrence no debía de tener más de dieciséis años cuando decidió que madre era frívola, malintencionada, destructiva y demasiado autoritaria. Al llegar a esta conclusión, decidió apartarse de ella. Por entonces estaba interno en un colegio, y recuerdo que no vino a pasar las navidades con nosotros. Fue a casa de un amigo. Después de hacer su desfavorable juicio sobre madre, volvió muy pocas veces, y en la conversación siempre se esforzaba por recordarle su voluntario alejamiento. Cuando se casó con Ruth, no se lo dijo a madre. Tampoco le comunicó el nacimiento de sus hijos. Pero, a pesar de aquellos esfuerzos tan pertinaces por cuestión de principios, daba toda la impresión, a diferencia del resto de nosotros, de no haberse separado nunca de ella, y cuando están juntos, todo el mundo nota al instante la tensión, algo turbio.

Y fue mala suerte, en cierta manera, que madre hubiese elegido aquella noche para emborracharse. Está en su derecho, y lo hace muy pocas veces, y afortunadamente no se mostró belicosa, pero todos éramos conscientes de lo que estaba sucediendo. Mientras se bebía despacio la ginebra, parecía estar despidiéndose de nosotros con tristeza; parecía estar a punto de marcharse de viaje. Luego su estado de ánimo pasó del viaje al agravio, y los pocos comentarios que hizo resultaron malhumorados e improcedentes. Cuando su vaso se hallaba casi vacío, miró enfadada el aire oscuro delante de su nariz, moviendo la cabeza un poco, como un boxeador. Comprendí que en aquel momento no le cabían en la cabeza todos los agravios que era capaz de recordar. Sus hijos eran estúpidos, su marido se había ahogado, los criados eran unos ladrones, y la silla en la que se sentaba era incómoda. De repente dejó el vaso vacío e interrumpió a Chaddy, que estaba hablando de béisbol.

–Solo sé una cosa –dijo con voz ronca–. Solo sé que si hay otra vida después de esta, voy a tener una familia completamente distinta. Mis hijos serán todos fabulosamente ricos, ingeniosos y encantadores.

Se puso en pie y, al dirigirse hacia la puerta, estuvo a punto de caerse. Chaddy la sostuvo y la ayudó a subir la escalera. Los oí darse las buenas noches con mucha ternura, y luego Chaddy volvió a donde estábamos los demás. Pensé que para entonces Lawrence se hallaría cansado del viaje y de las emociones del regreso, pero siguió en la terraza, como si estuviera esperando nuestra última fechoría, y nosotros lo dejamos allí y nos fuimos a la playa a nadar en la oscuridad.

Cuando me desperté, o empecé a despertarme, a la mañana siguiente, oí el ruido de alguien que estaba allanando la pista de tenis. Es un sonido más débil y más grave que el de las boyas de campana más allá del promontorio –un golpeteo sobre hierro sin ritmo alguno–, ligado en mi imaginación con el comienzo de un día de verano, algo así como un buen augurio. Cuando bajé la escalera, encontré a los dos hijos de Lawrence en el cuarto de estar, vestidos con unos trajes de vaqueros llenos de adornos. Son unos niños asustadizos y muy flacos. Me dijeron que su padre estaba allanando la pista de tenis, pero que ellos no querían salir porque habían visto una serpiente junto al escalón de la puerta. Les expliqué que sus primos –todos los otros niños– desayunaban en la cocina, y que lo mejor era que fuesen corriendo a reunirse con ellos. Al oír esto, el niño empezó a llorar. Su hermana se unió enseguida a él. Lloraban como si ir a la cocina y comer allí fuese a destruir sus más preciados derechos. Entonces les dije que se sentaran conmigo. Al entrar Lawrence le pregunté si quería jugar un poco al tenis. Dijo que no, que muchas gracias, aunque pensaba que quizá jugase algún partido individual con Chaddy. Tenía toda la razón en eso, porque tanto Chaddy como él lo hacen mejor que yo, y los dos jugaron varios partidos después del desayuno, pero más tarde, cuando bajaron los otros a jugar dobles, Lawrence desapareció. Eso hizo que me enfadara –imagino que injustificadamente–, pero lo cierto es que jugamos unos dobles familiares muy interesantes y que él podría al menos haber participado en un set por una simple razón de cortesía.

Más tarde, aquella misma mañana, cuando volvía solo de la pista, vi a Tifty en la terraza, separando de la pared una tablilla con su navaja.

–¿Qué sucede, Lawrence? –le pregunté–. ¿Termitas?

Hay termitas en la madera y nos han causado muchos problemas.

Me señaló, en la base de cada hilera de tablillas, una débil línea azul de tiza de carpintero.

–Esta casa tiene unos veintidós años –dijo–. Las maderas, en cambio, unos doscientos. Cuando construyó esta casa, papá debió de comprar tablillas de todas las granjas de los alrededores para darle un aire venerable. Todavía se ven las marcas de la tiza de carpintero en el sitio donde había que clavar estas antiguallas.

Lo de las tablillas era cierto, aunque yo lo hubiese olvidado por completo. Al construir la casa, nuestro padre, o su arquitecto, había encargado tablillas de madera cubiertas de líquenes y curtidas por la intemperie. Pero no entendía cómo Lawrence llegaba a la conclusión de que aquello tenía algo de escandaloso.

–Y mira estas puertas –añadió Lawrence–. Mira estas puertas y los marcos de las ventanas.

Fui tras él hasta una gran puerta de dos paneles que se abre hacia la terraza y me puse a mirarla. Era una puerta relativamente nueva, pero alguien había trabajado en ella esforzándose por ocultarlo. Alguien le había hecho muescas profundas con un instrumento de metal, y las había untado luego con pintura blanca para imitar el salitre, los líquenes y el desgaste producido por la intemperie.

–Piensa en lo que significa gastar miles de dólares para lograr que una casa sólida parezca una ruina –dijo Lawrence–. Piensa en la tesitura mental que eso implica. Piensa en sentir un deseo tan intenso de vivir en el pasado que te haga pagar un sueldo a los carpinteros para desfigurar la puerta principal de tu casa.

Entonces recordé lo sensible que Lawrence era al tiempo, y sus sentimientos y sus opiniones sobre nuestra simpatía por el pasado. Yo le había oído decir, años antes, que nosotros y nuestros amigos y nuestra parte del país, al descubrirnos incapaces de enfrentarnos con los problemas del presente, habíamos optado, como una persona adulta que ha perdido la razón, por volvernos hacia lo que imaginábamos ser una época más feliz y más sencilla, y que nuestro gusto por las reconstrucciones y por la luz de los candelabros era la prueba de ese irremediable fracaso. La débil línea azul de tiza había servido para recordarle estas ideas, las incisiones en la puerta las habían reforzado, y ahora, uno tras otro, se le iban presentando todos los indicios: el farol de barco sobre la puerta, el tamaño de la chimenea, la anchura de las tablas del suelo y las piezas incrustadas para que pareciesen ganchos. Mientras Lawrence me sermoneaba acerca de todas estas flaquezas, llegaron los otros que venían de la pista de tenis. La reacción de madre al ver a Lawrence fue inmediata, y comprendí que había muy pocas esperanzas de entendimiento entre la matriarca y el hijo cambiado al nacer. Madre se cogió del brazo de Chaddy.

–Vayamos a nadar y a beber martinis en la playa –dijo–. Quiero que pasemos una mañana fabulosa.

Aquella mañana el mar tenía un color muy denso, como si fuera una piedra verde. Todo el mundo bajó a la playa, excepto Tifty y Ruth.

–Lawrence no me importa –dijo madre. Estaba nerviosa, y al inclinar la copa se le derramó algo de ginebra sobre la arena–. No me importa en absoluto. Me tiene sin cuidado que sea

todo lo grosero, desagradable y deprimente que quiera, pero lo que no soporto son las caras de esos pobres hijos suyos, de esos niñitos tan increíblemente desdichados.

Separados de él por la altura del acantilado, todos hablábamos de Lawrence con indignación; de cómo había empeorado en lugar de mejorar, de lo distinto que era del resto de nosotros, de cómo se esforzaba por estropear cualquier placer. Nos bebimos la ginebra; los insultos parecieron alcanzar un punto álgido, y luego, uno a uno, nos fuimos a nadar en la sólida agua verde. Pero cuando volvimos nadie tuvo palabras duras para Lawrence; la tendencia a decir cosas injuriosas se había roto, como si nadar tuviese la fuerza purificadora que reclama el bautismo. Nos secamos las manos, encendimos unos cigarrillos, y si se mencionaba a Lawrence era solo para sugerir, amablemente, algo que pudiese agradarle. ¿No le gustaría dar un paseo en bote hasta la ensenada de Barin, o salir a pescar?

Y ahora me doy cuenta de que durante la visita de Lawrence íbamos a nadar con más frecuencia de lo normal, y creo que había un motivo para ello. Cuando la irritabilidad acumulada por su presencia empezaba a socavar nuestra paciencia, no solo con Lawrence, sino de unos con otros, íbamos a nadar y nos quitábamos el rencor con agua fría. Recuerdo ahora a toda la familia, mientras permanecíamos sentados en la arena, escocidos por los reproches de Lawrence, y nos veo chapoteando, zambulléndonos y volviendo a la superficie, y percibo en las voces una paciencia renovada y el redescubrimiento de inagotables reservas de buena voluntad. Si Lawrence hubiese advertido este cambio –esta apariencia de purificación–, supongo que habría encontrado en el vocabulario de la psiquiatría, o de la mitología del Atlántico, algún nombre discreto para ello, pero no creo que se percatara del cambio. No se molestó en dar un nombre a la capacidad curativa del mar abierto, pero fue sin duda una de las pocas oportunidades que perdió de infravalorar.

La cocinera que teníamos aquel año era una polaca llamada Anna Ostrovick, contratada exclusivamente para el verano. Era excelente: una mujer grande, gorda, cordial, diligente, que se tomaba su trabajo muy en serio. Le gustaba cocinar, y que la gente apreciara y comiera los alimentos que preparaba, y siempre que la veíamos insistía en que comiéramos. Hacía bollos calientes, cruasanes y brioches dos o tres veces por semana para desayunar y los traía ella misma al comedor diciendo: «¡Coman, coman, coman!». Cuando la doncella devolvía los platos sucios a la antecocina, a veces oíamos decir a Anna, que estaba allí esperando: «¡Excelente! Comen». Daba de comer al que recogía la basura, al lechero y al jardinero. «¡Coma!», les decía. Los jueves por la tarde iba al cine con la doncella, pero no disfrutaba con las películas, porque los actores estaban demasiado delgados. Se pasaba hora y media en la sala a oscuras aguardando ansiosamente a que apareciese alguien con aspecto de disfrutar comiendo. Para Anna, Bette Davis no pasaba de ser una mujer con aspecto de no comer bien. «¡Están todos tan flacos!», decía al salir del cine. Por las noches, después de habernos atiborrado y de fregar las cazuelas y las sartenes, recogía las sobras y salía fuera para alimentar a la creación. Aquel año teníamos unos cuantos pollos, y aunque para entonces ya estaban todos descansando en sus perchas, les arrojaba los alimentos en el comedero y exhortaba a las aves dormidas para que comieran. También alimentaba a los pájaros cantores del jardín, y a las ardillas del patio trasero. Su presencia en el límite del jardín y su voz apremiante –oíamos perfectamente su «Comed, comed, comed»– estaban ya, como la salva de cañón en el club náutico y la luz del faro del cabo Heron, ligadas a aquel momento del día. «Comed, comed, comed –le oíamos decir a Anna–. Comed, comed...». Y ya se había hecho de noche.

Cuando Lawrence llevaba tres días en casa, Anna me llamó a la cocina.

–Dígale a su madre que no quiero al señorito en mi cocina –anunció–. Si sigue entrando aquí todo el tiempo, me marcho. Se pasa la vida diciéndome que soy una mujer muy desgraciada; que trabajo demasiado y no me pagan lo bastante, y que debería pertenecer a un sindicato que me asegurara las vacaciones. ¡Ja! Está flaquísimo, pero siempre viene a la cocina cuando estoy ocupada para compadecerse de mí, pero yo valgo tanto como él, valgo tanto como cualquiera, y no tengo por qué aguantar a gente así molestándome todo el tiempo y compadeciéndose de mí. Soy una estupenda cocinera y muy famosa además, y tengo trabajo en todas partes, y la única razón de que haya venido a trabajar aquí este verano es que no había estado nunca en una isla, pero puedo conseguir otro empleo mañana mismo, y si sigue viniendo a mi cocina a compadecerse de mí, dígale a su madre que me marcho. Valgo tanto como cualquiera, y no tengo por qué aguantar a ese tipo flacucho diciéndome todo el tiempo lo pobre que soy.

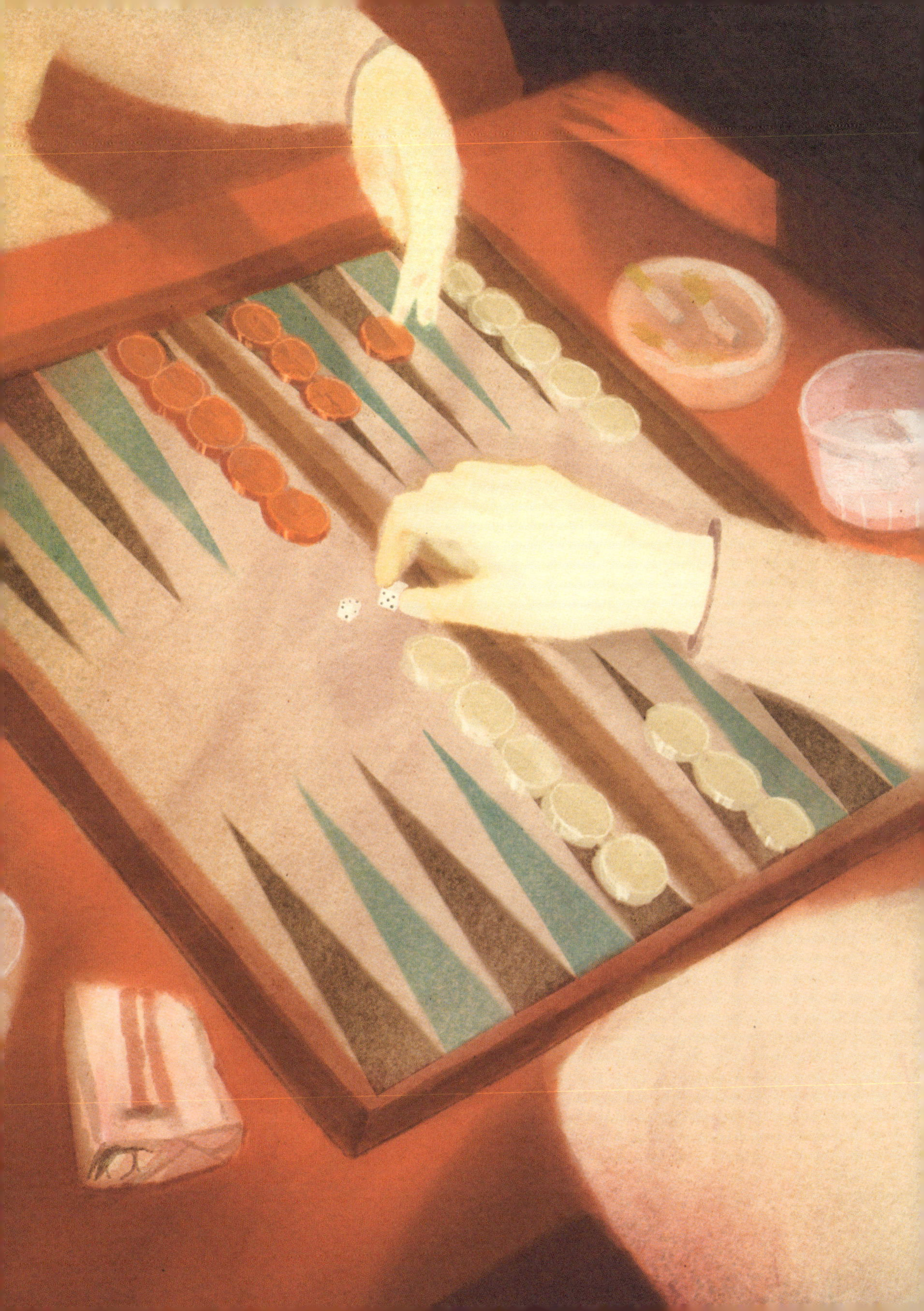

Me agradó descubrir que la cocinera estaba de nuestra parte, pero comprendí que la situación era delicada. Si madre le pedía a Lawrence que no hiciera visitas a la cocina, mi hermano consideraría aquella petición como un agravio. Era capaz de convertir cualquier cosa en un agravio, y a veces daba la impresión de que –mientras permanecía hoscamente sentado a la mesa del comedor– toda palabra de menosprecio, fuera cual fuese su destino, la consideraba dirigida a él. No hablé con nadie de las quejas de la cocinera, pero por alguna razón no volvieron a presentarse problemas de ese tipo.

El siguiente motivo de disputa que tuve con Lawrence nació de nuestras partidas de backgammon.

Cuando estamos en Laud's Head jugamos mucho al backgammon. A las ocho, después de tomarnos el café, sacamos el tablero. En cierto modo, es uno de nuestros ratos más agradables. Aún no se han encendido las luces del cuarto, la figura de Anna resulta visible en el jardín, y en el cielo, por encima de su cabeza, se crean continentes de sombra y fuego. Madre enciende la luz y deja caer los dados como si fuera una señal. Normalmente jugamos tres partidas por persona, cada uno contra los demás. Jugamos con dinero, y se puede ganar o perder hasta cien dólares en una partida, pero las cantidades son de ordinario mucho más bajas. Creo que Lawrence solía jugar –no estoy seguro–, pero ahora ya no lo hace. No participa en juegos de azar. No se trata de que no tenga dinero, ni es tampoco una cuestión de principios: simplemente piensa que jugar es una ocupación absurda y una pérdida de tiempo. Sin embargo, estaba perfectamente dispuesto a perderlo viendo cómo jugábamos los demás. Noche tras noche, cuando empezaban las partidas, acercaba su silla al tablero y contemplaba las fichas y los dados. Su expresión era desdeñosa, y, sin embargo, miraba con mucho interés. Yo me preguntaba por qué se dedicaba a observarnos noche tras noche, y, estudiando su rostro, creo que quizás haya logrado averiguarlo.

Lawrence no juega, y no entiende por tanto la emoción que produce ganar o perder dinero. Ha olvidado cómo se juega al backgammon, creo, de manera que sus complejas posibilidades no consiguen interesarle. Sus observaciones tenían necesariamente que centrarse en el hecho de que el backgammon es un juego para matar el tiempo y un juego de azar, y que el tablero, marcado con puntos, era un símbolo de nuestra inutilidad. Y puesto que no entiende ni el juego ni sus diferentes posibilidades, pensé que lo que le interesaba debían de ser los miembros de la familia. Una noche en que yo estaba jugando con Odette –ya les había ganado treinta y siete dólares a madre y a Chaddy–, creo que entendí lo que pasaba por su cabeza.

Odette tiene el pelo y los ojos negros. Se preocupa de no pasarse mucho tiempo al sol, para que el llamativo contraste entre negrura y palidez de la piel no se desvirtúe durante el verano. Necesita admiración y merece que se la admire –es el elemento que la satisface–, y coquetea, aunque nunca seriamente, con cualquier hombre. Aquella noche llevaba los hombros descubiertos, y el vestido estaba cortado para mostrar la división de sus pechos, y para mostrar los pechos mismos cuando se inclinaba sobre el tablero para jugar. No hacía más que perder y coquetear y hacer que sus derrotas pareciesen parte del coqueteo. Chaddy estaba en la otra habitación. Odette perdió tres partidas, y al terminar la tercera, se dejó caer en el sofá y, mirándome directamente a los ojos, dijo algo sobre salir a las dunas para ajustar cuentas. Lawrence la oyó. Me volví a mirarlo. Parecía escandalizado y satisfecho al mismo tiempo, como si llevara sospechando desde el principio que no jugábamos por algo tan poco importante como el dinero. Puedo equivocarme, desde luego, pero creo que Lawrence contemplaba nuestras partidas de backgammon con la esperanza de estar observando el desarrollo de una irónica tragedia en la que el dinero que ganábamos y perdíamos se transformaba en símbolo de prendas mucho más vitales. Es muy propio de Lawrence tratar de descubrir significados y finalidades en todos los gestos que hacemos, y está convencido de que, cuando descubra la lógica profunda de nuestro comportamiento, esta será enteramente sórdida.

Chaddy vino a jugar conmigo. A ninguno de los dos nos gusta que nos gane el otro. Cuando éramos pequeños, se nos prohibía que jugásemos juntos, porque siempre acabábamos peleándonos. Los dos creemos conocer perfectamente la valía del otro. Yo lo considero prudente; él a mí, temerario. Siempre hay encono cuando jugamos a cualquier cosa –tenis, backgammon, softball o bridge–, y es verdad que a veces parece como si nos estuviéramos jugando la posesión de las libertades del otro. Cuando pierdo con Chaddy no me puedo dormir. Todo esto es solo la verdad a medias de nuestra relación competitiva, pero era precisamente la verdad a medias que podía resultar discernible para Lawrence, y su presencia al lado del tablero me cohibió tanto que perdí dos partidas. Traté de que no se me notara el enfado cuando me levanté de la mesa. Lawrence me observaba. Salí a la terraza para sufrir allí a oscuras el malhumor que siento siempre que pierdo con Chaddy.

Cuando volví a entrar, Chaddy y madre estaban jugando. Lawrence seguía presenciando las partidas. De acuerdo con su óptica, Odette había perdido conmigo su virtud, y yo la autoestima con Chaddy; me pregunté qué vería en la confrontación entonces en curso. Los contemplaba extasiado, como si las fichas opacas y el tablero dividido sirvieran para un decisivo intercambio de poder. ¡Qué dramáticos debían de parecerle el tablero, dentro de su círculo de luz, los jugadores inmóviles, y el fragor del mar en el exterior! Allí había canibalismo espiritual hecho visible; allí, bajo sus mismas narices, se hallaban los símbolos del uso voraz que unos seres humanos hacen de otros.

Madre juega con mucha astucia y apasionamiento, y peca de entrometida. Siempre tiene las manos en el tablero del contrario. Cuando juega con Chaddy, que es su favorito, lo hace con gran concentración. Lawrence tuvo que notarlo. Madre es una mujer sentimental. Tiene buen corazón, y las lágrimas y la debilidad la conmueven fácilmente, rasgo que, como su bien dibujada nariz, no ha sufrido el menor cambio con la edad. El dolor del otro le causa una profunda impresión, y a veces parece tratar de adivinar en Chaddy algún pesar, alguna pérdida que ella esté en condiciones de socorrer o remediar, para restablecer así la relación que mantenía con él cuando era pequeño y enfermizo. A madre le encanta defender a los débiles y a los inocentes, y ahora que ya somos mayores lo echa de menos. El mundo de las deudas y de los negocios, de los hombres y de la guerra, de la caza y de la pesca consigue irritarla. (Cuando padre se ahogó, tiró sus cañas y sus escopetas). Nos ha sermoneado a todos interminablemente sobre la confianza en uno mismo, pero si acudimos de nuevo a ella en busca de consuelo y ayuda –particularmente Chaddy–, es entonces cuando parece sentirse más ella misma. Imagino que, según Lawrence, aquella mujer mayor y su hijo estaban jugándose el alma.

Nuestra madre perdió.

–¡Dios mío! –dijo. Parecía afligida y desconcertada, como le sucede siempre que pierde–. Tráeme las gafas, el talonario de cheques y algo de beber.

Lawrence se levantó por fin y estiró las piernas. Nos dirigió a todos una mirada sombría. Soplaba el viento y había subido la marea, y pensé que si oía el ruido de las olas lo interpretaría también como una sombría respuesta a sus sombrías preguntas; que para él la marea se habría encargado de extinguir las brasas de los fuegos que encendemos en nuestras excursiones. Convivir con una mentira es insoportable, y él parecía la encarnación de una mentira. Yo no podía explicarle el simple e intenso placer de jugar por dinero, y me parecía una terrible equivocación que se hubiese sentado junto a la mesa para llegar a la conclusión de que nos estábamos jugando el alma. Inquieto, dio dos o tres paseos por la habitación y luego, como de costumbre, nos lanzó la última andanada antes de irse:

–No entiendo cómo no os volvéis locos, encerrados unos con otros de esta forma, noche tras noche –dijo–. Vamos, Ruth. Quiero acostarme.

Aquella noche soñé con Lawrence. Vi su rostro vulgar convertido en un prodigio de fealdad, y al despertarme por la mañana sentí náuseas, como si hubiera sufrido una gran pérdida espiritual mientras dormía, como una disminución de valor y un descorazonamiento. Era absurdo preocuparme por mi hermano. Yo necesitaba unas vacaciones. Necesitaba descansar. En el colegio donde enseño, mi mujer y yo vivimos en una de las residencias, comemos en el comedor comunitario, y nunca salimos de allí. No solo doy clases de lengua en invierno y en verano, sino que también trabajo en el despacho del director, y soy el que dispara la pistola cuando se celebran competiciones atléticas en pista. Necesitaba alejarme de aquel y de todos los demás motivos de inquietud, y decidí evitar a mi hermano. Por la mañana temprano me llevé a navegar a Helen y a los niños, y no volvimos hasta la hora de la cena. Al día siguiente salimos de excursión. Luego tuve que ir a Nueva York, y cuando volví iba a celebrarse el baile de disfraces en el club náutico. Lawrence no asistiría, y se trata de una fiesta en la que siempre lo he pasado estupendamente.

Las invitaciones de aquel año animaban a disfrazarse de lo que a cada uno le gustaría ser en realidad. Después de varias conversaciones, Helen y yo habíamos decidido ya qué ponernos. A ella lo que más le apetecía era volver a ser una novia, y por tanto decidió llevar su traje de boda. A mí me pareció una buena elección: sincera, desenfadada y barata. Su elección tuvo influencia sobre la mía, y decidí ponerme un viejo uniforme de jugador de fútbol americano. Madre optó por vestirse de Jenny Lind, porque había un viejo disfraz de Jenny Lind en la buhardilla. Los demás prefirieron trajes alquilados, y cuando estuve en Nueva York me encargué de conseguirlos. Lawrence y Ruth no participaron en nada de esto.

Helen formaba parte del comité encargado de organizar el baile, y se pasó la mayor parte del viernes decorando el club. Diana, Chaddy y yo salimos a navegar. Casi toda la navegación a vela que practico últimamente transcurre en Manhasset, y estoy acostumbrado a fijar el rumbo de vuelta a casa orientándome por la barcaza de la gasolina y los tejados de cinc del cobertizo de las embarcaciones, y aquella tarde era un placer, mientras volvíamos, mantener proa hacia la blanca torre de la iglesia del pueblo y descubrir que incluso el agua cercana a la orilla era verde y transparente. Al terminar nuestro paseo nos detuvimos en el club para recoger a Helen. El comité había tratado de darle una apariencia de fondo marino a la sala de baile, y el hecho de que casi hubiesen logrado crear la ilusión hacía que Helen se sintiera muy feliz. Volvimos en coche a Laud's Head. La tarde había sido extraordinariamente luminosa, pero camino de casa nos llegó el olor del viento del este –el viento oscuro, como hubiese dicho Lawrence– que llegaba del mar.

Mi mujer, Helen, tiene treinta y ocho años. Imagino queel cabello se le habría vuelto entrecano si no se lo tiñera, pero el color que utiliza es un rubio nada molesto, bastante apagado, y creo que le sienta bien. Aquella noche estuve preparando cócteles mientras ella se vestía, y cuando subí a llevarle una copa, la vi por primera vez desde nuestra boda con su traje de novia. No tendría sentido decir que me pareció más hermosa que cuando nos casamos, pero como he envejecido y creo también que mis sentimientos tienen más hondura, y como aquella noche vi en su rostro al mismo tiempo juventud y madurez, su fidelidad a la joven que había sido y las posiciones que ha tenido que ceder airosamente ante el avance del tiempo, estoy dispuesto a afirmar que no me había sentido nunca antes tan profundamente conmovido. Ya me había puesto mi uniforme de jugador, y el peso de todo ello, de los pantalones y de las hombreras, había producido un cambio en mí, como si al encasquetarme aquella ropa vieja hubiera desechado todas las ansiedades y los problemas de mi vida. Era como si los dos hubiésemos regresado a los años anteriores a nuestro matrimonio, a los años anteriores a la guerra.

Los Collard daban una cena para muchos invitados antes del baile, y a ella asistió toda nuestra familia, con la excepción de Lawrence y Ruth. Luego, a eso de las nueve y media, nos dirigimos en coche hacia el club, atravesando la niebla que se había levantado ya. La orquesta tocaba un vals. Mientras dejaba el impermeable en el guardarropa, alguien me dio un golpe en la espalda. Era Chucky Ewing, y lo gracioso es que él también iba disfrazado de jugador de fútbol americano. Esto nos pareció terriblemente divertido a los dos. Íbamos riendo mientras avanzábamos por el pasillo hacia la sala de baile. Me paré en la puerta para ver la decoración, y me pareció muy hermosa. Los organizadores habían cubierto con redes de pescar las paredes y el cielo raso. Las redes del techo estaban llenas de globos de colores. La luz era suave y desigual, y los participantes en la

7

fiesta –nuestros amigos y vecinos– formaban un conjunto muy agradable bailando al compás de «Three O'Clock in the Morning». Luego me fijé en que había muchas mujeres vestidas de blanco, y me di cuenta de que también ellas, al igual que Helen, llevaban trajes de novia. Patsy Hewitt, la señora Gear y la chica de los Lackland bailaban un vals vestidas de novia. Entonces Pep Talcott se acercó a donde estábamos Chucky y yo. Iba vestido de Enrique VIII, pero nos dijo que los gemelos Auerbach, Henry Barrett y Dwight MacGregor llevaban todos uniforme de jugador de fútbol americano, y que, según el último recuento, había diez novias en la sala.

Esta coincidencia, esta divertida coincidencia, hizo reír a todo el mundo, y logró que aquella fiesta fuese una de las más alegres jamás celebradas en el club. Al principio pensé que las mujeres se habían puesto de acuerdo para vestirse de novias, pero las que bailaron conmigo me aseguraron que se trataba de una coincidencia, y yo estoy seguro de que Helen tomó la decisión por su cuenta. Todo me fue muy bien hasta poco antes de la medianoche, cuando vi a Ruth junto a la pista de baile. Llevaba un traje de noche rojo totalmente fuera de lugar. Resultaba completamente ajeno al espíritu de la fiesta. La saqué a bailar, pero no hubo nadie que viniera a sustituirme, y yo no estaba dispuesto a pasarme con ella el resto de la noche, así que le pregunté por Lawrence. Me dijo que estaba fuera, en el muelle. Dejé a Ruth en el bar y salí en busca de mi hermano.

La niebla del este era muy densa, y Lawrence estaba solo en el muelle. No iba disfrazado. Ni siquiera se había molestado en vestirse de pescador o de marinero. Parecía particularmente taciturno. La niebla se deslizaba a nuestro alrededor como humo frío. Me hubiese gustado que se tratara de una noche clara, porque la niebla del este parecía facilitarle su juego de misántropo. Yo sabía que las boyas –los crujidos y los repiques que podíamos oír en aquel momento– resonarían en sus oídos como gritos semihumanos de personas a punto de ahogarse, aunque cualquier marinero sabe que las boyas son dispositivos necesarios y seguros, y también adivinaba que la sirena de niebla del faro significaría para él extravíos y pérdidas, y que era igualmente capaz de interpretar erróneamente la viveza de la música de baile.

–Entra, Tifty –le dije–; baila con tu mujer o consíguele una pareja.

–¿Por qué tendría que hacerlo? ¿Qué razón hay? –Se acercó a una de las ventanas del club y contempló la fiesta–. Míralos –exclamó–. Mira eso...

Chucky Ewing se había apoderado de uno de los globos y estaba tratando de organizar un simulacro de partido en el centro de la pista de baile. Los demás bailaban una samba. Y comprendí que Lawrence contemplaba la fiesta con el mismo gesto sombrío con que había contemplado en nuestra casa las tablillas desgastadas por la intemperie, como viendo en ello un abuso o una distorsión del tiempo; como si al querer volver a ser jugadores de fútbol americano y novias pusiéramos de manifiesto el hecho de que, una vez apagadas en nosotros las luces de la juventud, habíamos sido incapaces de encontrar otras con las que guiarnos y, carentes de fe y de principios, nos habíamos convertido en criaturas estúpidas y tristes. El hecho de que estuviera pensando eso de tantas personas amables, felices y generosas hizo que me enfureciera, hizo que me inspirara un aborrecimiento tan antinatural que me sentí avergonzado, porque Lawrence es mi hermano y un Pommeroy. Le pasé el brazo por encima del hombro y traté de forzarlo a que entrara, pero no quiso.

Volví a tiempo para el Gran Desfile, y después de entregar los premios a los mejores disfraces, dejaron caer los globos. Hacía calor en la sala, alguien abrió las grandes puertas que daban al muelle, el viento del este se coló de rondón y cuando volvió a salir se llevó consigo la mayor parte de los globos, que, después de cruzar el muelle, cayeron al agua. Chucky Ewing salió corriendo detrás de ellos, y cuando vio que seguían más allá del muelle y se posaban sobre el agua, se quitó el traje de jugador de fútbol americano y se tiró de cabeza al mar. Luego lo hicimos Eric Auerbach, Lew Phillips y también yo; y ya se sabe lo que pasa en una fiesta después de medianoche cuando la gente empieza a tirarse al agua. Recuperamos la mayor parte de los globos, nos secamos y seguimos bailando, y no volvimos a casa hasta la mañana siguiente.

Al otro día era la exposición de flores. Madre, Helen y Odette participaban en el concurso. Después de un almuerzo improvisado, Chaddy llevó a las mujeres y a los niños en coche a la exposición. Yo me eché una siesta y a media tarde cogí el traje de baño y una toalla; al salir de casa vi a Ruth, que estaba lavando ropa. No sé por qué ha de parecer que ella tiene más trabajo que los demás, pero lo cierto es que siempre está lavando, planchando, zurciendo y haciendo arreglos en la ropa. Puede que, cuando era pequeña, la enseñaran a utilizar el tiempo de esa manera, o quizá sea víctima de un impulso expiatorio. Parece restregar y planchar con fervor penitencial, aunque no se me ocurre qué es lo que considera que ha hecho mal. Sus hijos estaban con ella en el lavadero. Me ofrecí a llevarlos a la playa, pero no quisieron.

Eran los últimos días de agosto, y las vides silvestres que crecen con gran profusión por toda la isla hacían que el aire del interior oliera a vino. Hay un bosquecillo de acebos al final del sendero, y luego empiezan las dunas, donde solo crecen unas hierbas muy ásperas. Oía el ruido del mar, y recuerdo que pensé en cómo Chaddy y yo solíamos hablar del mar con lenguaje místico. Cuando éramos muy jóvenes, habíamos decidido que nunca seríamos capaces de vivir más hacia el oeste porque echaríamos de menos el mar. «Esto es muy bonito –decíamos cortésmente cuando visitábamos a alguien en las montañas–, pero notamos la falta del Atlántico». Mirábamos por encima del hombro a la gente de Iowa y de Colorado que se había visto privada de esta revelación, y despreciábamos el Pacífico. Ahora estaba oyendo el rumor de las olas, cuya violencia creaba múltiples ecos, como un tumulto, y aquello me producía el mismo placer que cuando era joven y parecía tener una fuerza catártica, como si hubiese liberado mi memoria –entre otras cosas– de la imagen penitente de Ruth en el lavadero.

Pero Lawrence se hallaba en la playa, sentado. Me metí en el agua sin hablarle. Estaba fría, y cuando salí me puse una camisa. Expliqué a mi hermano que iba a dar un paseo hasta Tanners Point, y me dijo que me acompañaría. Traté de caminar a su lado. Sus piernas no son más largas que las mías, pero siempre le gusta ir un poco por delante de la persona que va con él. Desde detrás, mientras contemplaba sus hombros y su cabeza inclinada, me pregunté qué impresión debía de causarle aquel paisaje.

Había dunas y oteros, y más allá, donde perdían altura, algunos campos que estaban pasando del verde al marrón y al amarillo. Eran sitios donde pastaban las ovejas, e imagino que Lawrence habría notado la erosión del suelo y el hecho de que las ovejas acelerarían su deterioro. Más allá de los campos hay unas cuantas granjas costeras, de agradables edificios cuadrados, pero Lawrence podría haber hecho notar las duras condiciones de vida de un granjero en una isla. El mar, al otro lado, era ya mar abierto. A nuestros invitados siempre les decimos que hacia allí, hacia el este, se encuentran las costas de Portugal, pero Lawrence habría pasado de las costas de Portugal a la tiranía en España sin la menor dificultad. Las olas rompían con un ruido parecido a un «hurra, hurra, hurra», pero para Lawrence debían de decir «adiós, adiós». Imagino que a su mente incisiva y malsana se le habría ocurrido que la costa era una morrena terminal, el límite del mundo prehistórico, y también que avanzábamos por el borde del mundo conocido en un sentido tan espiritual como físico. Si por alguna razón hubiera pasado por alto esto último, había algunos aviones de la marina bombardeando una isla deshabitada para recordárselo.

Esa playa es un paisaje amplio, simple e increíblemente limpio. Es como un terreno lunar. La marea había dado gran consistencia a la arena, de manera que no costaba trabajo andar, y todo lo que quedaba sobre la playa había sido repetidamente modificado por las olas. Quedaban restos de conchas, el palo de una escoba, un trozo de botella y otro de ladrillo, ambos zarandeados y rotos hasta resultar prácticamente irreconocibles, y supongo que el melancólico estado de ánimo de Lawrence –que seguía con la cabeza baja– lo iba llevando de un objeto roto al siguiente. Verme acompañado por su pesimismo empezó a enfurecerme, de manera que me situé a su altura y le puse una mano en el hombro.

–No es más que un día de verano, Tifty –le dije–. Tan solo un día de verano. ¿Qué sucede? ¿No te gusta este sitio?

–No me gusta –dijo con voz tranquila, sin levantar los ojos del suelo–. Voy a venderle a Chaddy mi parte de la casa. No esperaba pasarlo bien. La única razón de que haya vuelto ha sido para decir adiós.

Dejé que volviera a adelantarme y caminé tras él, contemplando sus hombros y pensando en su extensa carrera de adioses. Cuando padre se ahogó, Lawrence fue a la iglesia y dijo adiós a padre. Al cabo de tan solo tres años llegó a la conclusión de que madre era frívola y le dijo adiós también a ella. En su primer año de universidad llegó a tener muy buena amistad con su compañero de cuarto, pero era un chico que bebía demasiado, y al comienzo del segundo semestre cambió de compañero de cuarto y dijo adiós a su amigo. Después de dos años en la universidad, llegó a la conclusión de que el ambiente era de excesivo aislamiento, y dijo adiós a Yale. Se matriculó en Columbia y obtuvo allí su licenciatura en Derecho, pero descubrió que su primer jefe era una persona deshonesta, y al cabo de seis meses dijo adiós a un buen empleo. Se casó con Ruth en el Ayuntamiento, y dijo adiós a la Iglesia episcopaliana; se fueron a vivir a un barrio bajo de Tuckahoe, y dijeron adiós a la clase media. En 1938 fue a Washington para trabajar como abogado del Gobierno, diciendo adiós a la empresa privada, pero al cabo de ocho meses en la capital federal llegó a la conclusión de que la administración Roosevelt era sentimental, y también le dijo adiós. De Washington se marcharon a un barrio residencial de Chicago, donde mi hermano fue diciendo adiós a todos sus vecinos, uno por uno, por razones de alcoholismo, pesadez e imbecilidad. Dijo adiós a Chicago y se trasladó a Kansas; dijo adiós a Kansas para irse a Cleveland. Y ahora había dicho adiós a Cleveland y había vuelto al este, deteniéndose el tiempo suficiente en Laud's Head para decir adiós al mar.

Era elegíaco y también fanático e intolerante; confundía la circunspección con la fuerza de carácter, y yo quería ayudarlo.

–Sal de todo eso –le dije–. Sal de todo eso, Tifty.

–¿Que salga de qué?

–Sal de toda esa tristeza. Olvídala. No es más que un día de verano. Te empeñas en no pasarlo bien y estás echando a perder las distracciones de los demás. Necesitamos unas vacaciones, Tifty. Yo las necesito. Necesito descansar. Nos hace falta a todos. Y tú has conseguido que todo resulte desagradable y que esté lleno de tensiones. Solo dispongo de dos semanas al año. Necesito pasarlo bien, y lo mismo les sucede a los demás. Necesitamos descansar. Crees que tu pesimismo es una ventaja, pero no es más que negarse a aceptar la realidad.

–¿Cuál es la realidad? –dijo él–. ¿Que Diana es una mujer estúpida y promiscua? Lo mismo puede decirse de Odette.

Madre es una alcohólica. Si no se controla un poco, no tardará más de un año o dos en ir a parar a un hospital. Chaddy no es honesto; nunca lo ha sido. La casa terminará hundiéndose en el mar. –Me miró y luego añadió, como una última reflexión–: Tú eres estúpido.

–Y tú un desgraciado hijo de perra –repliqué–. Nada más que un deprimente hijo de perra.

–Aparta tu gorda cara de mi vista –dijo.

Y siguió andando.

Entonces cogí un trozo de raíz y, acercándome por la espalda –aunque no había golpeado nunca a un hombre por la espalda–, hice girar la raíz, empapada en agua de mar, por detrás de mí. La inercia imprimió velocidad a mi brazo y le asesté a mi hermano un golpe en la cabeza que le hizo doblar las rodillas sobrc la arcna, y vi cómo le brotaba la sangre y comenzaba a oscurecérsele el pelo. Entonces deseé que estuviera muerto, muerto y a punto de ser enterrado; no enterrado ya, sino a punto de serlo, porque no quería que faltara el ceremonial y la corrección en su desaparición, en el acto de borrarlo de mi conciencia, y nos vi a todos nosotros –Chaddy, madre, Diana y Helen– de luto en la casa de Belvedere Street que había sido derribada veinte años antes, saludando a invitados y parientes en la puerta y contestando a sus educadas condolencias con un desconsuelo igualmente cortés. Todo resultaba perfectamente apropiado, e incluso aunque hubiese sido asesinado en una playa, antes de que la aburrida ceremonia concluyera, todo el mundo sentiría que mi hermano había llegado al invierno de su existencia, y que era una ley de la naturaleza, y una ley muy hermosa, que Tifty tuviera que ser enterrado en la fría tierra.

Lawrence seguía aún de rodillas. Miré en todas direcciones. Nadie nos había visto. La playa desnuda, como un terreno lunar, se extendía hasta tornarse invisible. La rompiente de una ola, en rapidísima carrera, llegó hasta donde él permanecía arrodillado. Me hubiese gustado terminar con él, pero para entonces yo ya había empezado a actuar como dos personas: el asesino y el samaritano. Con súbito estrépito, como un vacío hecho sonido, una blanca ola lo alcanzó y lo rodeó, bullendo sobre sus hombros, y lo sostuve para que no lo arrastrara la resaca. Luego lo trasladé a un sitio más alto. La sangre se le había extendido por todo el cabello, que parecía completamente negro. Me quité la camisa y la rasgué para vendarle la cabeza. No había perdido el conocimiento, y no creo que estuviese malherido. No dijo nada; tampoco yo. Luego lo dejé allí.

Anduve un poco playa adelante y me volví para mirarlo; para entonces, estaba pensando en mi propio pellejo. Él se había incorporado y parecía sostenerse bien en pie. Aún había suficiente claridad en el cielo, pero la brisa marina traía unos vapores salinos con consistencia de neblina, y cuando me alejé un poco más de él, apenas distinguía su figura en aquella oscuridad. A todo lo largo de la playa noté cómo venía del mar el denso aire salino. Luego le di la espalda, y cuando estuve más cerca de la casa, volví a nadar una vez más, como parece que había estado haciendo aquel verano después de cada encuentro con Lawrence.

Cuando volví a la casa, me tumbé en la terraza. Un poco más tarde regresaron los demás. Oí cómo madre criticaba los

arreglos florales que habían ganado premios. Ninguno de los nuestros había ganado nada. Luego la casa se quedó en silencio, como sucede siempre a esa hora. Los niños se fueron a la cocina para que les dieran la cena, y los demás subieron a bañarse. Después oí cómo Chaddy preparaba los cócteles, y se reanudaba la conversación sobre los jueces del concurso. Al poco, madre exclamó:

–¡Tifty! ¡Dios mío, Tifty! ¡Tifty!

Se hallaba en la puerta, con aire de estar medio muerto. Se había quitado la venda ensangrentada y la llevaba en la mano.

–Lo ha hecho mi hermano –dijo–. Ha sido mi hermano. Me golpeó con una piedra, o algo parecido, en la playa. –La autocompasión hizo que se le quebrara la voz. Pensé que iba a echarse a llorar. Nadie dijo nada–. ¿Dónde está Ruth? –exclamó–. ¿Dónde está Ruth? ¿Dóndc demonios está Ruth? Quiero que empiece a hacer las maletas. No necesito perder más tiempo aquí. Tengo cosas importantes que hacer. Tengo cosas muy importantes que hacer.

Y echó a andar escaleras arriba.

Salieron hacia el continente por la mañana, en el barco de las seis y media. Madre se levantó para decirle adiós, pero fue la única, y es una escena cruel y fácil de imaginar al mismo tiempo: la matriarca y el hijo cambiado al nacer mirándose el uno al otro con una consternación que podría parecer como la fuerza del amor vuelta del revés. Oí las voces de los niños y el coche alejándose por el camino de acceso; me levanté y me acerqué a la ventana, y ¡qué mañana tan maravillosa! ¡Cielo santo, qué mañana! Soplaba viento del norte. El aire era muy limpio. Con el primer calor del día, las rosas del jardín olían como mermelada de fresas. Mientras me vestía, oí la sirena del barco, primero la señal de aviso y luego el doble pitido, y me imaginé a la buena gente en la cubierta de arriba, bebiendo café en frágiles vasos de plástico, y a Lawrence en la proa, diciéndole al mar «Thalassa, thalassa», mientras sus tímidos y desgraciados hijos contemplaban la creación desde el círculo de los brazos de su madre. Las boyas doblarían tristemente por Lawrence, y aunque el esplendor de la luz hiciera muy difícil no abrir los brazos y lanzar exclamaciones de gozo, sus ojos permanecerían fijos en la negrura del mar que iba quedando atrás; pensaría en su fondo, oscuro y extraño, donde yace nuestro padre, bajo diez metros de agua.

¡Ah! ¿Qué se puede hacer con un hombre así? ¿Qué se puede hacer? ¿Cómo convencer a su ojo para que no descubra entre la multitud la mejilla con acné, la mano enferma? ¿Cómo se le puede enseñar a responder ante la inestimable grandeza de la raza humana, ante la áspera belleza de la piel de la vida? ¿Cómo obligarlo a poner el dedo en las testarudas verdades ante las que el miedo y el horror resultan impotentes? Aquella mañana el mar estaba tornasolado y oscuro. Mi mujer y mi hermana –Diana y Helen–, nadaban y vi sus cabezas descubiertas, ébano y oro en el agua oscura. Las vi dirigirse hacia la orilla, y vi que se hallaban desnudas, sin rubor alguno, hermosas y llenas de gracia, y me quedé mirando a las mujeres desnudas saliendo del mar.

EL MARIDO RURAL

Habrá que contar, para empezar por el principio, que el avión de Minneapolis en el que Francis Weed se dirigía hacia el este se encontró de pronto con graves problemas meteorológicos. El cielo había estado antes de un color azul brumoso, con nubes exclusivamente por debajo del avión, aunque tan juntas que no se veía la tierra. Luego empezó a formarse vaho en el exterior de las ventanillas, y penetraron en una nube blanca de tal densidad que reflejaba las llamas del escape de los motores. El color de la nube se oscureció hasta convertirse en gris, y el avión empezó a mecerse. Francis se había encontrado otras veces con fuertes perturbaciones atmosféricas, pero el balanceo no había sido nunca tan intenso. El hombre sentado junto a él sacó una petaca del bolsillo y echó un trago. Francis le sonrió, pero el otro apartó la vista; no estaba dispuesto a compartir con nadie su analgésico particular. El avión empezó a caer y a dar violentos tumbos. Un niño se puso a llorar. Hacía demasiado calor en la cabina, el aire estaba viciado, y a Francis se le durmió el pie izquierdo. Leyó unas líneas del libro de bolsillo que había comprado en el aeropuerto, pero la virulencia de la tormenta distraía su atención. Por fuera de las ventanillas todo estaba negro. Las llamas del escape de los motores brillaban y lanzaban chispas en la oscuridad y, dentro, las luces indirectas, la mala ventilación y las cortinas de las ventanillas daban a la cabina una atmósfera intensamente doméstica que estaba por completo fuera de lugar. Luego las luces parpadearon y se apagaron.

–¿Sabe usted qué es lo que siempre he querido hacer? –dijo de pronto el hombre que viajaba sentado junto a Francis–. Siempre he deseado comprar una granja en New Hampshire y criar ganado vacuno.

La azafata anunció que iban a hacer un aterrizaje de emergencia. Todos, excepto los niños, vieron extenderse en su imaginación las alas del Ángel de la Muerte. Se oía cantar al piloto en voz muy baja:

–Tengo seis peniques, espléndidos, espléndidos seis peniques. Tengo seis peniques para que me duren toda la vida...

No se oía ningún otro ruido.

El violento gemir de las válvulas hidráulicas se tragó la canción del piloto, se oyó una especie de chillido muy fuerte, como el de los frenos de un automóvil, y el avión dio con el vientre en un maizal y los zarandeó con tanta energía que un anciano que iba sentado en la parte delantera aulló:

–¡Mis riñones! ¡Mis riñones!

La azafata abrió la puerta de golpe, y alguien hizo lo mismo con la salida de emergencia en la parte de atrás, dejando entrar el grato ruido de su continuada mortalidad: el ocioso chapoteo y el olor húmedo de un fuerte chaparrón. Temerosos por sus vidas, los pasajeros salieron en fila por las puertas y se desperdigaron por el maizal en todas direcciones, rezando para que todo saliera bien. Y así fue. Nada sucedió. Cuando estuvo claro que el avión no ardería ni estallaría, la tripulación y la azafata reunieron a los pasajeros y los hicieron refugiarse en un granero. No estaban lejos de Filadelfia, y al cabo de un rato una hilera de taxis los llevó a la ciudad.

–Es exactamente igual que en la batalla del Marne –dijo alguien, pero, sorprendentemente, apenas se había modificado la actitud de desconfianza con que la mayoría de los norteamericanos miran siempre a sus compañeros de viaje.

En Filadelfia, Francis Weed tomó un tren a Nueva York. Al final de aquel viaje cruzó la ciudad y se subió, cuando ya estaba a punto de salir, al tren de cercanías que tomaba cinco noches por semana para volver a su casa en Shady Hill.

Se sentó junto a Trace Bearden.

–¿Sabes? Yo iba en ese avión que ha tenido que hacer un aterrizaje forzoso a las afueras de Filadelfia –declaró–. Hemos ido a parar a un maizal...

Pero Francis había viajado más deprisa que los periódicos o la lluvia, y en Nueva York lucía el sol y la temperatura de aquel día de finales de septiembre, tan fragante y tan armonioso como una manzana, era muy agradable. Trace escuchó su relato, pero ¿cómo iba a emocionarse? Francis carecía de las dotes narrativas que le permitieran recrear su roce con la muerte... especialmente en la atmósfera de un tren de cercanías que recorre un paisaje soleado donde, en las huertas de los barrios pobres, se veían ya indicios de cosechas. Su compañero de asiento abrió de nuevo el periódico, y Francis se quedó a solas con sus reflexiones. En el andén de Shady Hill dijo adiós a Trace y se trasladó en su Volkswagen de segunda mano al barrio de Blenhollow, donde vivía.

La casa de estilo colonial holandés de los Weed era más grande de lo que parecía desde el camino de entrada. El cuarto de estar era espacioso y estaba dividido en tres partes, como las Galias. A la izquierda, según se entraba desde el vestíbulo, estaba la mesa larga, puesta para seis, con velas y una fuente de fruta en el centro. Los sonidos y los olores que llegaban a través de la puerta abierta de la cocina eran estimulantes, porque Julia Weed era una buena cocinera. La parte más amplia del cuarto de estar tenía como centro la chimenea. A la derecha había algunas estanterías con libros y un piano. La habitación estaba muy limpia y tranquila, y por las ventanas que daban al oeste entraba un poco de sol de finales de verano, muy brillante y tan claro como agua. Nada se había descuidado; no había ningún objeto al que no se hubiera sacado brillo. No era el tipo de casa donde, después de conseguir abrir una caja de cigarrillos con la tapa pegada, solo se encuentra dentro el botón de una camisa y una oxidada moneda de cinco centavos. El hogar de la chimenea había sido barrido, las rosas colocadas sobre el piano se reflejaban en su brillante y amplia superficie, y había un álbum de valses de Schubert en el atril. Louisa Weed, una guapa niña de nueve años, miraba hacia el exterior por las ventanas de poniente. Henry, su hermano pequeño, estaba junto a ella. Toby, su otro hermano aún más pequeño, estudiaba las figuras de unos monjes tonsurados que bebían cerveza en los abrillantados metales del cajón para la leña. Al quitarse el sombrero y dejar el periódico, Francis no se sintió conscientemente satisfecho con la escena; no era demasiado propenso a la reflexión. Aquel era su elemento, creación suya, y volvía a él con ese sentimiento de liberación y de fuerza con que cualquier criatura vuelve a su casa.

–Hola a todo el mundo –saludó–. El avión de Minneapolis...

Nueve de cada diez veces, Francis hubiese sido recibido afectuosamente, pero esa noche los niños se hallaban absortos en sus propios antagonismos. Francis no ha terminado la frase sobre el aterrizaje forzoso cuando Henry le da una patada a Louisa en el trasero. La niña gira en redondo, diciendo:

–¡Bestia, más que bestia!

Francis comete el error de reñir a Louisa por su manera de hablar antes de imponer un castigo a Henry. Acto seguido, la niña se vuelve contra su padre y lo acusa de favoritismo. Henry siempre tiene razón; ella se ve perseguida y abandonada; el destino siempre le es adverso. Francis se dirige a su hijo, pero el niño tiene una excusa para la patada: ella le ha pegado primero, y en la oreja, que es un sitio peligroso. Louisa asiente con pasión. Le ha dado un golpe en la oreja y además quería dárselo precisamente ahí, porque ha estado enredando con su vajilla de juguete. Henry asegura que su hermana miente. El pequeño Toby se acerca desde la leñera para dar testimonio en favor de Louisa. Henry le tapa la boca con la mano. Francis separa a los dos niños, pero sin querer tira a Toby dentro del cajón de la leña. Toby se echa a llorar. Louisa ya lo ha hecho antes.

Precisamente en este momento, Julia Weed entra en la parte de la habitación donde está puesta la mesa. Es una mujer bonita e inteligente, con algunos cabellos prematuramente grises. No parece darse cuenta del alboroto.

–Hola, cariño –le dice serenamente a Francis–. Todo el mundo a lavarse las manos. La cena está lista. Coge una cerilla y enciende las seis velas para iluminar este valle de lágrimas.

Sus sencillas palabras, como los gritos de guerra de los jefes de los clanes escoceses, solo sirven para reavivar la ferocidad de los combatientes. Louisa le da un golpe en el hombro a Henry, quien, aunque no llora casi nunca, ha jugado al béisbol mucho rato y está cansado, por lo que se le saltan las lágrimas. El pequeño Toby descubre que se le ha clavado una astilla en la mano y comienza a aullar. Francis dice a gritos que ha sobrevivido a un aterrizaje forzoso y está cansado. Julia sale de nuevo de la cocina y, sin darse aún por enterada del caos, le pide a su marido que suba al piso de arriba y le diga a Helen que está todo listo. Francis se alegra de marcharse; es como volver a la sede central de la compañía. Quiere contarle a su hija mayor el aterrizaje forzoso, pero Helen está tumbada en la cama, leyendo un ejemplar de la revista *Amores románticos*, y lo primero que Francis hace es quitárselo de las manos y recordarle que le tiene prohibido comprarlo. Helen replica que no lo ha comprado: se lo ha prestado su mejor amiga, Bessie Black. Todo el mundo lee *Amores románticos*. El padre de Bessie Black también la lee. No hay una sola chica en la clase de Helen que no lea *Amores románticos*. Francis insiste en lo mucho que le desagrada, y luego le dice a su hija que la cena está lista, aunque por los ruidos que llegan de la planta baja no parece que sea así. Helen lo sigue escaleras abajo. Julia se ha sentado a la mesa iluminada por las velas y extiende la servilleta sobre su regazo. Ni Louisa ni Henry han acudido a cenar. El pequeño Toby sigue aullando, tumbado boca abajo en el suelo. Francis le habla cariñosamente:

–Papá ha tenido que hacer un aterrizaje forzoso esta tarde, Toby. ¿No quieres que te lo cuente?

Toby sigue llorando.

–Si no vienes ahora mismo a la mesa, Toby –dice Francis–, te mando a la cama sin cenar.

El niño se pone en pie, lanza a su padre una mirada cortante, sube corriendo la escalera y se encierra en su dormitorio dando un portazo.

–¡Vaya por Dios! –dice Julia, y se levanta para ir tras él.

Francis comenta que lo mima demasiado. Su mujer responde que el niño pesa cuatro kilos menos de lo normal y que hay que mimarlo para que coma. Se acerca el invierno, y Toby se pasará en la cama los meses fríos a no ser que se tome la cena. Julia sube la escalera. Francis se sienta a la mesa junto con Helen, que experimenta en este momento la desagradable sensación de haber estado leyendo con demasiada intensidad en un hermoso día, y obsequia a su padre y a la habitación en general con una mirada de hastío. No puede imaginarse el aterrizaje forzoso, porque en Shady Hill no ha caído ni una gota de lluvia.

Julia vuelve con Toby, todos se sientan a la mesa y se sirve la cena.

–¿Tengo que estar siempre viendo a esa bola de grasa? –dice Henry, refiriéndose a Louisa.

Todo el mundo excepto Toby interviene en la refriega, que se prolonga de un extremo a otro de la mesa durante cinco minutos. Hacia el final, Henry se tapa la cabeza con la servilleta y, tratando de comer así, se le caen las espinacas sobre la camisa. Francis le pregunta a Julia si los niños no podrían cenar antes. Julia está perfectamente preparada para semejante pregunta: no puede preparar dos cenas ni poner la mesa dos veces. Describe con pinceladas relampagueantes el panorama de monótonas tareas que han acabado con su juventud, su belleza y su inteligencia. Francis dice que también hay que comprenderlo a él; ha estado a punto de morir en un accidente aéreo, y no le gusta volver a casa todas las noches y encontrarse con un campo de batalla. Ahora Julia se siente muy afectada. Le tiembla la voz. Francis no se encuentra todas las noches con un campo de batalla. Es una acusación mezquina y estúpida. Todo estaba tranquilo hasta que él llegó. Julia se interrumpe, deja el cuchillo y el tenedor sobre la mesa y contempla su plato como si fuera un abismo. Empieza a llorar.

–¡Pobre mamaíta! –dice Toby, y cuando Julia se levanta de la mesa, secándose las lágrimas con la servilleta, él se acerca a ella–. ¡Pobre mamaíta! –dice–. ¡Pobre mamaíta!

Y suben juntos la escalera.

Los otros niños se alejan del campo de batalla, y Francis sale al jardín de atrás para fumar un cigarrillo y respirar un poco de aire.

Era un jardín agradable, con senderos, macizos de flores y sitios para sentarse. La puesta de sol casi se había extinguido ya, pero

aún había mucha luz. El accidente y la batalla campal en la mesa habían puesto a Francis Weed en la actitud meditativa con que se dispuso a escuchar los ruidos nocturnos de Shady Hill.

–¡Bribonas! ¡Sinvergüenzas! –les gritaba a las ardillas el anciano señor Nixon junto al comedero para los pájaros–. ¡Fuera! ¡Quitaos de mi vista!

Una puerta se cerró de golpe. Alguien estaba cortando hierba. Luego, Donald Goslin, que vivía en la esquina, empezó a tocar la sonata «Claro de luna». Lo hacía casi todas las noches. Le traía sin cuidado el ritmo y la interpretaba en *rubato* desde el principio hasta el final, como un flujo de lloroso mal humor, soledad y autocompasión: todo lo que la grandeza de Beethoven le llevó a desconocer por completo. La música se derramaba de un extremo a otro de la calle bajo los árboles como una súplica de amor, de ternura, dirigida a alguna encantadora doncella: alguna chica de Galway de tez fresca y con nostalgia que estaría mirando antiguas instantáneas en su cuarto del tercer piso.

–Aquí, Júpiter, aquí, Júpiter –llamó Francis al perdiguero de los Mercer.

El perro se abrió paso violentamente por las tomateras con los restos de un sombrero de fieltro entre los dientes.

Júpiter era una anomalía. Sus instintos de perdiguero y su incansable vitalidad estaban fuera de lugar en Shady Hill. Era tan negro como el carbón, con un rostro alargado, despierto, inteligente, de libertino. Había un brillo travieso en sus ojos, y llevaba siempre la cabeza muy alta. Era la cabeza ceñida con un pesado collar que aparecía en heráldica, en los tapices, y que solía utilizarse antes en los puños de los paraguas y en los bastones. Júpiter iba a donde le apetecía, saqueando papeleras, tendederos, cubos de basura y cajas de zapatos. Interrumpía las fiestas que se celebraban en los jardines y los partidos de tenis, y se metía los domingos en las procesiones de la Iglesia de Cristo, ladrando a los hombres vestidos de rojo. Atravesaba dos o tres veces al día la rosaleda del anciano señor Nixon, abriendo un amplio hueco entre las condesas de Sástagos, y tan pronto como Donald Goslin encendía la barbacoa el jueves por la noche, a Júpiter le llegaba el olor. Nada de lo que los Goslin hicieran lograba echarlo. Palos, piedras y voces destempladas solo conseguían situarlo en el borde de la terraza, donde perseveraba, con su airoso y heráldico hocico, esperando a que Donald Goslin volviera la espalda para coger la sal. Entonces, Júpiter saltaba a la terraza, retiraba limpiamente el bistec del fuego y salía corriendo con la cena de los Goslin. Sus días estaban contados. El jardinero alemán de los Wrightson o la cocinera de los Farquarson lo envenenarían pronto. Era incluso posible que el anciano señor Nixon pusiera un poco de arsénico en la basura que tanto le gustaba a Júpiter.

–¡Aquí, Júpiter, Júpiter! –llamó Francis, pero el perro hizo una cabriola y se alejó, meneando vigorosamente el sombrero entre sus dientes blancos.

Al mirar por la ventana de su casa, Francis vio que Julia había bajado y que estaba apagando las velas.

Julia y Francis Weed salían mucho. Julia era muy popular y sociable, y su gusto por las fiestas nacía de un temor perfectamente natural al caos y a la soledad. Examinaba el correo todas las mañanas con auténtica inquietud, en busca de invitaciones –y, de hecho, solía encontrar alguna–, pero era insaciable, y aunque hubiera salido siete noches por semana no se habría curado de su aire pensativo –el aire de alguien que oye una música lejana–, porque siempre seguiría imaginándose la existencia de una fiesta más animada en algún otro sitio. Francis le había puesto el límite de dos durante la semana, con una mayor flexibilidad para los viernes, y surcando luego las aguas de los fines de semana como un esquife de fondo plano en una galerna. Al día siguiente del aterrizaje forzoso, los Weed estaban invitados a cenar con los Farquarson.

Francis llegó tarde de Nueva York, Julia se encargó de ir a buscar a la canguro mientras él se vestía, y luego lo sacó a toda prisa de casa. La fiesta era para pocas personas y muy agradable, y Francis se dispuso a disfrutar de ella. Una nueva doncella ofreció los cócteles. Tenía pelo oscuro, rostro redondo y tez pálida, y a Francis le resultó familiar. Nunca había desarrollado la memoria como facultad sentimental. El humo de leña, las sillas y otros perfumes parecidos no le estimulaban, y la memoria era para él algo así como su apéndice: un depósito atrofiado. Su problema no era que fuese incapaz de escapar al pasado, sino que lo dejaba atrás con demasiada facilidad. Quizás hubiese visto a la doncella en otras fiestas, o dando un paseo el domingo por la tarde, pero en ambos casos no estaría ahora buscándola en su memoria. Su rostro era, de una manera admirable, una cara de luna –normanda o irlandesa–, pero no lo suficientemente hermosa para explicar su sensación de haberla visto antes, en circunstancias que debería recordar. Le preguntó a Nellie

Farquarson quién era. Nellie dijo que la habían contratado a través de una agencia, y que era natural de Trenon, un pequeño pueblo de Normandía con una iglesia y un restaurante; Nellie había estado una vez allí. Mientras su anfitriona seguía hablando de sus viajes por el extranjero, Francis recordó cuándo había visto antes a aquella mujer. Fue al final de la guerra. Había abandonado con otros compañeros un cuartel de reemplazo, y les dieron un pase de tres días para Trenon. Durante el segundo día se acercaron a un cruce de carreteras para ver el castigo de una joven que había vivido con el comandante alemán durante la ocupación.

Era una fresca mañana de otoño. El cielo estaba cubierto, y arrojaba sobre el cruce de caminos una luz muy deprimente. Se hallaban en un sitio alto, y veían el gran parecido existente entre las formas de las nubes y las de las colinas que se extendían hasta perderse de vista en dirección al mar. La prisionera llegó en un carro, sentada sobre un taburete. Se quedó quieta junto al carro, mientras el alcalde leía los cargos y la sentencia. Tenía inclinada la cabeza y el rostro inmovilizado en esa hueca semisonrisa detrás de la que queda suspendida el alma vapuleada. Cuando el alcalde terminó, la mujer se soltó el cabello y dejó que le cayera por la espalda. Un hombrecillo con bigote gris le cortó el pelo con unas tijeras y lo fue dejando caer al suelo. Luego, con un cuenco de agua jabonosa y una navaja, le afeitó la cabeza. Una mujer se acercó y empezó a desabrocharle la ropa, pero la prisionera la apartó y lo hizo ella misma. Cuando se sacó la camisa por la cabeza y la tiró al suelo, quedó desnuda. Las mujeres se burlaron de ella; los hombres permanecieron

inmóviles. No se produjo el menor cambio en la falta de sinceridad o en la melancolía de la sonrisa de la prisionera. El aire frío le puso la carne de gallina y le endureció los pezones. Las burlas fueron cesando poco a poco, sofocadas por el reconocimiento de la común humanidad entre los presentes. Una mujer le escupió, pero cierta inexpugnable grandeza presente en su desnudez duró hasta el final del calvario. Cuando la multitud se calmó, la mujer se dio la vuelta –había empezado a llorar– y, sin otra ropa que unos gastados zapatos negros y unas medias, echó a andar sola por el camino de tierra, alejándose del pueblo. La redonda cara de tez pálida había envejecido un poco, pero no cabía duda de que la doncella que ofrecía los cócteles y que más tarde sirvió la cena a Francis era la mujer que había sido castigada en el cruce de carreteras.

La guerra parecía ahora muy distante, y aquel mundo donde el precio de tomar partido había sido la muerte o la tortura quedaba terriblemente lejano. Francis había perdido la pista de los hombres que estuvieron con él en Vesey. No cabía contar con la discreción de Julia. No podía decírselo a nadie. Y si hubiera relatado su historia ahora, durante la cena, habría cometido una equivocación tanto social como humana. Las personas presentes en la sala de estar de los Farquarson parecían unidas en la implícita afirmación de que ni el pasado ni la guerra habían existido: que no había en el mundo ni peligros ni problemas. En la historia escrita del acontecer humano, aquel extraño encuentro hubiera hallado su sitio, pero la atmósfera de Shady Hill hacía que el recuerdo resultara inadecuado y poco cortés. La prisionera se retiró después de servir el café, pero su aparición en casa de los Farquarson logró que Francis se sintiera apático: le había abierto la memoria y los sentidos, dilatándoselos.

Cuando Julia entró en casa, Francis se quedó en el coche aguardando a la canguro para devolverla a su hogar. Como esperaba a la señora Henlein, la anciana señora que habitualmente se quedaba con los niños, Francis se sorprendió al ver que una chica joven abría la puerta y salía al porche iluminado. Se detuvo bajo la luz para contar sus libros de texto. Tenía el ceño fruncido y era muy hermosa. Es cierto que el mundo está lleno de muchachas hermosas, pero Francis reconoció en este caso la diferencia entre belleza y perfección. Todos esos atractivos defectos, lunares, marcas de nacimiento y cicatrices faltaban en este caso, y Francis experimentó en su interior el momento en que la música rompe los cristales, y sintió un relámpago de reconocimiento tan extraño, tan profundo y tan hermoso como la más intensa de sus vivencias. Era algo en su entrecejo, en la impalpable oscuridad de su rostro: un algo que a él le pareció una directa petición de amor. Después de contar los libros, la muchacha bajó los escalones y abrió la portezuela del coche. Con la luz, Francis vio que tenía las mejillas mojadas. La chica se subió al automóvil y cerró la portezuela.

–Eres nueva –dijo Francis.

–Sí. La señora Henlein está enferma. Yo soy Anne Murchison.

–¿Has tenido algún problema con los niños?

–No, no.

Anne se volvió hacia él y sonrió llena de tristeza, iluminada por la tenue luz del salpicadero. Su cabello claro quedó aprisionado por el cuello de la chaqueta, y agitó la cabeza para liberarlo.

–Has estado llorando.

–Sí.

–Espero que no sea por nada que haya sucedido en nuestra casa.

–No, no. No ha sido nada que haya pasado en su casa. –Su voz rebosaba desolación–. No es ningún secreto; en el pueblo lo sabe todo el mundo. Mi padre es alcohólico, y acaba de llamarme por teléfono desde algún bar para decirme lo que opina de mí. Cree que soy una persona inmoral. Llamó un momento antes de que volviera la señora Weed.

–Lo siento.

–¡Dios mío! –La chica jadeó y empezó a llorar.

Luego se volvió hacia Francis, y él la estrechó entre sus brazos y dejó que llorara sobre su hombro. Ella siguió agitándose entre sus brazos, y ese movimiento acentuó la percepción de lo delicado de su carne y de sus huesos. La ropa que los dos llevaban le pareció casi inexistente, y cuando los estremecimientos de la muchacha empezaron a disminuir, el efecto fue tan semejante a un paroxismo amoroso que Francis perdió la cabeza y la estrechó violentamente contra sí. Ella se apartó.

–Vivo en Belleview Avenue –dijo–. Baje por Lansing Street hasta el puente del ferrocarril.

–De acuerdo.

Francis puso el coche en marcha.

–Tuerza a la izquierda en aquel semáforo... Ahora gire aquí a la derecha y siga todo recto hacia la vía del tren.

El camino que Francis utilizó lo sacó de su barrio, llevándolo al otro lado de la vía y en dirección al río, a una calle donde vivían los que estaban solo a un paso de la pobreza, en casas cuyos gabletes puntiagudos y adornos de tracería hechos en madera transmitían los más puros sentimientos de orgullo y de imaginación romántica, aunque las casas en sí mismas no podían ofrecer muchas comodidades ni espacio para la intimidad, porque eran todas extraordinariamente pequeñas. La calle se hallaba a oscuras, y Francis, conmovido por la gracia y la belleza de la angustiada muchacha, tuvo la impresión de haber alcanzado la parte más profunda de algún oculto recuerdo al entrar en ella. A lo lejos vio una luz encendida en un porche. Era la única, y la muchacha le dijo que allí vivía ella. Cuando Francis detuvo el coche divisó, detrás del porche iluminado, un vestíbulo con muy poca luz y un perchero pasado de moda.

–Bien, ya hemos llegado –exclamó Francis, consciente de que un joven hubiese dicho algo distinto.

Ella no movió las manos que llevaba cruzadas encima de los libros, y se volvió para mirarlo. Había lágrimas de deseo carnal en los ojos de Francis. Con determinación, aunque sin tristeza, abrió la puerta de su lado y rodeó el coche para abrir la de Anne. Le tomó la mano libre, entrecruzando sus dedos con los de la muchacha, subió con ella dos escalones de cemento, y por un estrecho sendero atravesó un jardín donde dalias, caléndulas y rosas –flores que habían resistido las primeras heladas– aún florecían, embalsamando el aire de la noche con un olor agridulce. En los escalones de la casa, Anne retiró la mano, se volvió, y lo besó muy deprisa. Luego cruzó el porche y cerró la puerta. Primero se apagó la luz exterior, y luego la del vestíbulo. Un segundo después se encendió otra luz en el piso de arriba, a un costado de la casa, iluminando un árbol que no había perdido aún las hojas. La chica tardó muy poco tiempo en desnudarse y acostarse, y enseguida la casa quedó a oscuras.

Julia se había dormido cuando su marido llegó a casa. Francis abrió una segunda ventana y se acostó para cerrar los ojos y olvidarse de aquella noche, pero tan pronto como los hubo cerrado –tan pronto como se durmió–, la muchacha irrumpió en su mente, moviéndose con absoluta libertad a través de sus puertas cerradas y llenando aposento tras aposento con su luz, con su perfume, con la música de su voz. Francis cruzaba el Atlántico con ella en el viejo Mauretania y, después, vivían juntos en París. Cuando despertó de aquel sueño, se levantó y fumó un cigarrillo junto a la ventana abierta. Al volver a la cama, buscó en su mente por todas partes algo que deseara hacer y que no perjudicara a nadie, y pensó en esquiar. Entre las nieblas de su mente ofuscada surgió la imagen de una montaña cubierta de nieve. El día estaba ya muy avanzado. Mirara donde mirase, sus ojos veían cosas amplias y alentadoras. Por encima de su hombro había un valle cubierto de nieve, que se alzaba hasta unas colinas boscosas donde los árboles oscurecían la blancura del conjunto como una cabellera poco poblada. El frío mataba todos los ruidos, con la excepción del fuerte repiqueteo metálico de la maquinaria del telesquí. La luz en las pistas era azul, y tomar las curvas resultaba más difícil que uno o dos minutos antes, resultaba más difícil valorar –ahora que toda la nieve tenía un color azul marino– la capa exterior, el hielo, los sitios al descubierto y las acumulaciones de nieve poco compacta. Francis se lanzó montaña abajo, adaptando su velocidad al relieve de una pendiente que se había formado durante el primer período glaciar, buscando con ardor algo de sencillez en los sentimientos y en las circunstancias. Luego cayó la noche, y bebió un martini con algún viejo amigo en una sucia taberna rural.

A la mañana siguiente, la montaña cubierta de nieve había desaparecido, y Francis conservaba con toda claridad los recuerdos de París y del Mauretania. La infección era grave. Se lavó el cuerpo, se afeitó las mejillas, se bebió el café, y perdió el tren de las siete y treinta y un minutos, que abandonaba la estación en el momento en que él llegaba con el coche, y la nostalgia que sintió hacia los vagones que se alejaban testarudamente de él lo hizo pensar en los caprichos del amor. Esperó el tren de las ocho y dos minutos en lo que se había convertido ya en un andén vacío. Era una mañana clara, que parecía arrojada como un resplandeciente puente de luz sobre su confusa situación. Francis se sentía lleno de ardor y de buen humor. La imagen de la muchacha le proporcionaba una relación con el mundo que era a la vez misteriosa y subyugante. Los coches empezaban a llenar el aparcamiento, y se fijó en que los procedentes de zonas altas, por encima de Shady Hill, tenían una capa blanca de escarcha. Aquel primer signo irrefutable del otoño lo emocionó. Un tren nocturno –un expreso procedente de Buffalo o de Albany– pasó por la estación, y Francis vio que el techo de los primeros vagones estaba cubierto con una capa de hielo. Maravillado ante la milagrosa realidad física de todas las cosas, sonrió a los pasajeros del coche restaurante, a los que veía comer huevos y limpiarse la boca con la servilleta mientras viajaban. Los compartimentos del coche cama, con sus sábanas sucias, se arrastraban por la transparente mañana como una hilera de ventanas de una casa para huéspedes. Luego vio una cosa extraordinaria: ante una de las ventanillas del coche cama se hallaba una mujer desnuda de excepcional belleza, peinándose los rubios cabellos. Aquella mujer atravesó Shady Hill como una aparición, peinándose y repeinándose el cabello, y Francis fue siguiéndola con los ojos hasta que se perdió de vista. Luego la anciana señora Wrightson se reunió con él en el andén y empezó a hablar.

–Bueno, imagino que le sorprenderá verme aquí por tercera vez consecutiva –dijo–, pero gracias a los visillos de mi casa me estoy convirtiendo en una habitual de los trenes de cercanías. Los visillos que compré el lunes los devolví el martes, y los del martes voy a devolverlos hoy. El lunes conseguí exactamente lo que quería, un tejido de lana con rosas y pájaros, pero cuando llegué a casa descubrí que no eran de la longitud adecuada. Bien, pues ayer los cambié, y cuando llegué a casa me encontré con que seguían siendo cortos. Ahora estoy rogando al cielo con toda mi alma que el decorador los tenga de la longitud exacta, porque usted ya conoce mi casa, ha visto las ventanas de mi cuarto de estar, y puede imaginarse el problema que suponen. No sé qué hacer con ellas.

–Yo sí sé qué hacer con ellas –dijo Francis.

–¿Qué?

–Pintarlas de negro por dentro, y callarse.

La señora Wrightson se quedó boquiabierta, y Francis la miró para asegurarse de que se daba cuenta de que estaba siendo

grosero intencionadamente. La anciana giró en redondo y se alejó de él, tan herida emocionalmente que lo hizo cojeando. A Francis lo envolvió un sentimiento maravilloso, como si estuvieran agitando luz a su alrededor, y pensó de nuevo en Venus, peinándose una y otra vez el cabello mientras cruzaba el Bronx a la deriva. La toma de conciencia de los muchos años transcurridos desde la última vez que había disfrutado mostrándose deliberadamente descortés sirvió para calmarlo. Entre sus amigos y vecinos había personas brillantes y con talento –lo vio claramente–, pero también muchos de ellos eran gente aburrida y estúpida, y él había cometido la equivocación de escucharlos a todos con idéntica atención. Había confundido el amor cristiano con la falta de discernimiento, y le pareció que se trataba de una confusión muy generalizada y destructiva. Le estaba agradecido a la muchacha por aquella reconfortante sensación de independencia. Los pájaros cantaban: cardenales y el último petirrojo. El cielo brillaba como esmalte. Incluso el olor a tinta del periódico de la mañana intensificó sus ganas de vivir, y el mundo que se extendía a su alrededor era, sin lugar a dudas, un paraíso.

Si Francis hubiese creído en cierta jerarquía en el amor –en espíritus armados con arcos para cazar, en los caprichos de Venus y Eros–, o incluso en pociones, filtros y cocimientos mágicos, en escápulas y cuartos menguantes, eso quizás explicara su impresionabilidad y su febril optimismo. Los amores otoñales de la mediana edad son muy conocidos, y se imaginó que se enfrentaba a uno de ellos, pero no había el menor rastro de otoño en lo que sentía. Deseaba retozar en bosques verdeantes, satisfacer sus deseos, y beber de la misma copa.

Su secretaria, la señorita Rainey, llegó tarde aquella mañana –iba al psiquiatra tres veces por semana–, y cuando apareció, Francis se preguntó qué le aconsejaría a él un psiquiatra. Pero la muchacha prometía devolver a su vida algo parecido al embrujo de la música. Sin embargo, su felicidad desapareció al darse cuenta de que aquella música podía llevarlo directamente a un proceso en el juzgado del distrito por violación de una menor. La fotografía de sus cuatro hijos sonriendo a la cámara en la playa de Gay Head se convirtió en un vivo reproche. En el membrete de su empresa había un dibujo del Laocoonte, y la figura del sacerdote y de sus hijos entre los anillos de la serpiente le pareció que encerraba el más profundo de los significados.

Almorzó con Pinky Trabert. A nivel de conversación, las actitudes morales de sus amigos eran flexibles y nada mojigatas, pero Francis sabía que el castillo de naipes de la moralidad se derrumbaría sobre todos ellos –sin exceptuar a Julia y a los niños– si lo sorprendían aprovechándose de una canguro. Repasó la historia de Shady Hill durante los últimos tiempos en busca de un precedente, y descubrió que no había ninguno. No existía depravación; no se había producido un divorcio desde que él vivía allí; ni siquiera una sombra de escándalo. Las cosas parecían arreglarse incluso con más decoro que en el Reino de los Cielos. Después de despedirse de Pinky, Francis fue a una joyería y compró un brazalete para la chica. ¡Qué feliz lo hizo aquella clandestina adquisición, qué pomposos y risibles le parecieron los dependientes de la joyería, qué bien olían las mujeres que pasaban a su alrededor! En la Quinta Avenida, al pasar junto a Atlas, con los hombros doblados bajo el peso del mundo, Francis pensó en la gran dificultad que iba a suponerle contener su realidad física dentro de los moldes por él elegidos.

No sabía cuándo vería de nuevo a la chica. Llevaba el brazalete en el bolsillo interior de la chaqueta cuando llegó a casa. Al abrir la puerta se la encontró en el vestíbulo. Estaba de espaldas, y se volvió al oír el ruido de la puerta al cerrarse. Su sonrisa era sincera y afectuosa. Su perfección le impresionó como la de un día muy hermoso: un día después de una tormenta. La abrazó y empezó a besarla en la boca, y ella se debatió, pero no tuvo que hacerlo por mucho tiempo, porque justo en aquel momento la pequeña Gertrude Flannery salió de algún sitio y dijo:

–Oh, señor Weed…

Gertrude era una niña descarriada. Había nacido con el gusto por la exploración, y no era capaz de organizar su vida en torno al afecto de sus cariñosos padres. Las personas que no conocían a los Flannery, al ver el comportamiento de Gertrude llegaban a la conclusión de que se trataba de una familia terriblemente dividida, donde la regla eran las peleas entre borrachos. Aquello no era cierto. El hecho de que la ropa de la pequeña Gertrude estuviera rota y fuera escasa suponía un triunfo personal suyo al anular los esfuerzos de su madre por vestirla pulcramente y llevarla bien abrigada. Parlanchina, flacucha y sucia, Gertrude iba de casa en casa por el barrio de Blenhollow, creando y rompiendo alianzas basadas en su apego a bebés, animales, niños de su edad, adolescentes y, en algunos casos, personas adultas. Al abrir por la mañana la puerta de la calle, podías encontrar a Gertrude sentada en el porche. Al ir al cuarto de baño a afeitarte, podías encontrar a Gertrude usando el retrete. Al mirar en la cuna de tu hijo, podías encontrarla vacía y, al seguir mirando, descubrir que Gertrude se lo había llevado en el cochecito hasta el pueblo de al lado. Gertrude era servicial, omnipresente, sincera, hambrienta y leal. Nunca volvía a su casa por decisión propia. Cuando llegaba la hora de irse, se mostraba insensible a todas las insinuaciones. «Vete a casa, Gertrude», se oía decir en una casa u otra, noche tras noche. «Vete a casa, Gertrude. Ya es hora de que te vayas a casa, Gertrude». «Será mejor que te vayas a casa a cenar, Gertrude». «Te dije hace veinte minutos que te fueras a casa, Gertrude». «Tu madre debe de estar preocupada por ti, Gertrude». «Vete a casa, Gertrude, vete a casa».

Hay veces en que las arrugas en torno al ojo humano parecen los rebordes desgastados de una piedra y en que el ojo mismo pone de manifiesto un sentimiento animal tan primitivo que nos sentimos perdidos. La mirada que Francis dirigió a la niña fue desagradable y extraña, y Gertrude se asustó. Él se buscó en los bolsillos –le temblaban las manos– y sacó una moneda de veinticinco centavos.

–Vete a casa, Gertrude, vete a casa, y no se lo digas a nadie, Gertrude. No se lo…

Se atragantó, y entró corriendo en el cuarto de estar en el momento en que Julia lo llamaba desde el piso de arriba para que subiera a vestirse cuanto antes.

La idea de que más tarde, aquella misma noche, llevaría a Anne Murchison a su casa enlazó como un hilo dorado todos los incidentes de la fiesta a la que asistieron Francis y Julia, y él rio ruidosamente chistes aburridos, se secó una lágrima cuando Mabel Mercer le contó la muerte de su gatito, y se estiró, bostezó, suspiró y gruñó como cualquier otro hombre que está pensando en una cita. Llevaba el brazalete en el bolsillo. Mientras hablaba, tenía el olor de la hierba metido en la nariz, y se preguntaba dónde aparcaría el coche. En la antigua mansión de los Parker no vivía nadie, y el camino de grava se utilizaba para citas de amantes. Townsend Street era una calle sin salida, y podía aparcar allí, pasada la última casa. El viejo sendero que unía Elm Street con la orilla del río estaba invadido por la maleza, pero había ido a pasear por allí con sus hijos, y podría meter el coche entre los matorrales lo suficiente como para ocultarlo por completo.

Los Weed fueron los últimos en marcharse, y sus anfitriones les hablaron de su propia felicidad matrimonial mientras los cuatro se daban las buenas noches en el vestíbulo.

–Para mí no hay otra –dijo su anfitrión, estrechando a su mujer–. Es mi cielo azul. Después de dieciséis años, sigo mordiéndole en los hombros. Hace que me sienta como Aníbal cruzando los Alpes.

Los Weed se fueron a casa en silencio. Al llegar ante la puerta, Francis se quedó sentado al volante, con el motor encendido.

–Puedes meter el coche en el garaje –le dijo Julia mientras se apeaba–. Le dije a la chica de los Murchison que se marchara a las once. Alguien iba a venir a recogerla.

Cerró la portezuela y Francis se quedó inmóvil, a oscuras. Tendría que sufrir tanto, al parecer, como cualquier imbécil:

una lascivia feroz, los celos, aquel resentimiento que le traía lágrimas a los ojos, el desprecio incluso, porque percibía con claridad la imagen que presentaba en aquel momento, con los brazos extendidos sobre el volante y la cabeza hundida entre ellos, enfermo de amor.

Francis había sido un boy scout entusiasta de joven, y, recordando los preceptos de su adolescencia, salió pronto del despacho la tarde del día siguiente, y estuvo jugando al squash en un torneo de todos contra todos, pero, una vez tonificado el cuerpo por el ejercicio y una ducha, se dio cuenta de que quizá le hubiese dado mejores resultados quedarse trabajando. Cuando llegó a casa era ya de noche y hacía frío. El aire olía intensamente a cambio. Al entrar en el vestíbulo, advirtió una animación poco corriente. Sus hijos estaban endomingados, y cuando Julia bajó la escalera llevaba puesto un vestido de color lavanda y su broche de brillantes en forma de sol. Su mujer le explicó el porqué de tanta animación: el señor Hubber estaba citado a las siete para hacerles la fotografía que iban a mandar aquel año en las felicitaciones de Navidad. Julia había sacado el traje azul de Francis y una corbata con algo de color, porque la fotografía no sería ya en blanco y negro. Julia estaba muy alegre ante la idea de hacerse una fotografía para la Navidad. Era el tipo de ritual que le gustaba.

Francis subió al piso de arriba a cambiarse de ropa. Estaba cansado después de un día de trabajo y cansado de desear, y sentarse en el borde de la cama sirvió para hacer aún más intensa su fatiga. Pensó en Anne Murchison, y lo dominó por completo la necesidad física de expresarse, en lugar de verse constreñido por las lámparas de color rosa del tocador de Julia. Fue al escritorio de su mujer, cogió una cuartilla y empezó a escribir: «Querida Anne: te quiero, te quiero, te quiero...». Nadie vería la carta y no se contuvo en absoluto. Utilizó frases como «celestial felicidad» y «nido de amor». Se le llenó la boca de saliva, suspiró y tembló. Cuando Julia lo llamó para que bajara, el abismo entre sus fantasías y el mundo práctico era tan profundo que sintió cómo le afectaba a los músculos del corazón.

Julia y los niños estaban en el vestíbulo, y el fotógrafo y su ayudante habían instalado dos grupos de focos para mostrar adecuadamente a la familia y la belleza arquitectónica de la entrada de su casa. Las personas que habían vuelto a Shady Hill en un tren tardío disminuyeron la velocidad de sus coches para ver cómo fotografiaban a los Weed para su felicitación de Navidad. Unos pocos saludaron con la mano y los llamaron por su nombre. Hizo falta media hora de sonreír y de humedecerse los labios para que el señor Hubber se declarara satisfecho. El calor de los focos confirió un olor de habitación mal ventilada al aire frío de la noche, y cuando los apagaron su resplandor siguió presente en la retina de Francis.

Más tarde aquella noche, mientras Francis y Julia tomaban café en el cuarto de estar, llamaron a la puerta. Julia salió a abrir y volvió acompañada por Clayton Thomas. El joven había venido para pagar unas entradas de teatro: la señora Weed se las había dado a su madre algún tiempo atrás, y Helen Thomas había insistido puntillosamente en pagar, aunque Julia le dijo que no lo hiciera. Julia invitó al muchacho a tomar una taza de café.

–No quiero café –dijo Clayton–, pero entraré un minuto.

Siguió a la señora Weed al cuarto de estar, dio las buenas noches a Francis, y se sentó desmañadamente en una silla.

El padre de Clayton había muerto en la guerra, y la orfandad rodeaba al muchacho como si fuera una realidad física. Puede que esto se notara de modo especial en Shady Hill porque los Thomas eran la única familia a la que faltaba una pieza; todos los demás matrimonios seguían intactos y con capacidad productiva. Clayton estaba en su segundo o tercer año de universidad, y él y su madre vivían solos en una casa muy grande que la señora Thomas esperaba poder vender. Años atrás, el muchacho había robado algún dinero y se había escapado; llegó hasta California antes de que dieran con él. Era alto, no muy bien parecido, llevaba gafas con montura de concha, y hablaba con voz grave.

–¿Cuándo vuelves a la universidad, Clayton? –preguntó Francis.

–No voy a volver. Madre no tiene dinero suficiente, y carece de sentido seguir fingiendo. Voy a buscarme un empleo, y si vendemos la casa, alquilaremos un apartamento en Nueva York.

–¿No echarás de menos Shady Hill? –preguntó Julia.

–No –respondió Clayton–. No me gusta.

–¿Por qué no? –preguntó Francis.

–Bueno, hay muchas cosas que no apruebo –dijo Clayton con gran seriedad–. Cosas como los bailes en el club. El sábado por la noche, pasé por allí hacia el final y vi al señor Granner tratando de poner a la señora Minot en la vitrina de los trofeos. Los dos estaban borrachos. Me parece mal que se beba tanto.

–Era sábado por la noche –señaló Francis.

–Y todos los palomares son de mentira –continuó Clayton–. Y la forma que tiene la gente de llenarse la vida de actividades innecesarias. He pensado mucho acerca de ello, y lo que me parece realmente mal de Shady Hill es que no tiene ningún futuro. Se gastan tantas energías perpetuando este sitio, impidiendo que se instalen aquí personas indeseables, y otras cosas por el estilo, que la única idea del futuro que tiene todo el mundo consiste en más trenes de cercanías y en más fiestas. No me parece que eso sea saludable. Creo que la gente debería ser capaz de soñar cosas grandes sobre el futuro. Creo que la gente debería ser capaz de tener grandes sueños.

–Es una lástima que no sigas yendo a la universidad –dijo Julia.

–Yo quería ir a la facultad de Teología.

–¿A qué iglesia perteneces? –preguntó Francis.

–Unitaria, teosófica, trascendentalista y humanista –respondió Clayton.

–¿Emerson no era trascendentalista? –preguntó Julia.

–Me refiero a los trascendentalistas ingleses –explicó Clayton–. Todos los trascendentalistas norteamericanos eran tontos.

–¿Qué tipo de empleo esperas conseguir? –quiso saber Francis.

–Bueno, me gustaría trabajar para un editor, pero todo el mundo me dice que no hay nada que hacer. No obstante, ese es el tipo de cosas que me interesan. Estoy escribiendo una obra de teatro en verso sobre el bien y el mal. Puede que el tío Charlie me consiga un puesto en un banco; eso me vendría bien. Necesito disciplinarme. Todavía queda mucho por hacer en la formación de mi carácter. Tengo algunas costumbres muy malas. Hablo demasiado. Creo que tendría que hacer voto de silencio. Tratar de no hablar durante una semana, y disciplinarme. He pensado en hacer un retiro en uno de los monasterios episcopalianos, pero no me gustan las iglesias que creen en la Trinidad.

–¿Sales con alguna chica? –preguntó Francis.

–Estoy prometido. Claro que no soy ni lo bastante mayor ni lo bastante rico como para que se tenga en cuenta mi compromiso, ni se respete, ni nada parecido, pero compré una esmeralda falsa para Anne Murchison con el dinero que gané segando césped este verano. Nos casaremos en cuanto ella termine el bachillerato.

Francis dio un respingo al oír el nombre de la chica. Luego una luz deslustrada pareció emanar de su espíritu, dando a todo –a Julia, al muchacho, a las sillas– su verdadera falta de color. Algo así como un pronunciado deterioro del tiempo.

–La nuestra va a ser una familia numerosa –prosiguió Clayton–. Su padre es un terrible borrachín, yo he pasado por momentos difíciles y queremos tener muchos hijos. Ella es maravillosa, se lo aseguro, y tenemos mucho en común. Nos gustan las mismas cosas. El año pasado mandamos la misma felicitación de Navidad sin ponernos de acuerdo, los dos tenemos alergia a los tomates, y se nos juntan las cejas en el centro. Bien, buenas noches.

Julia acompañó al muchacho hasta la puerta. Cuando regresó, Francis dijo que Clayton era perezoso, irresponsable y afectado, y que olía mal. Julia le dijo que parecía estar volviéndose intolerante; que el chico era joven y había que darle una oportunidad. Julia era consciente de otros casos en los que Francis se había mostrado colérico.

–La señora Wrightson ha invitado a su fiesta de cumpleaños a todo el mundo menos a nosotros –dijo.

–Lo siento, Julia.

–¿Sabes por qué no nos ha invitado?

–¿Por qué?

–Porque tú la insultaste.

–Entonces ¿estás enterada?

–June Masterson me lo contó. Estaba detrás de ti.

Julia se acercó al sofá con pasos muy breves que expresaban –Francis lo sabía muy bien– un sentimiento de indignación.

–Es cierto que insulté a la señora Wrightson, Julia, y además lo hice a propósito. Nunca me han gustado sus fiestas, y me alegro de que no nos haya invitado.

–¿Y qué me dices de Helen?

–¿Qué tiene que ver Helen con esto?

–La señora Wrightson es la que decide quién va a las reuniones.

–¿Quieres decir que ella puede impedir que Helen vaya a los bailes?

–Sí.

–No había pensado en eso.

–Claro. Ya sabía yo que no habías pensado en eso –exclamó Julia, hundiendo la espada hasta la empuñadura por aquella grieta en su coraza–. Y me pone furiosa la posibilidad de que esa estúpida imprevisión destruya la felicidad de todo el mundo.

–No creo haber destruido la felicidad de nadie.

–La señora Wrightson manda en Shady Hill y lleva cuarenta años haciéndolo. No sé qué te hace pensar que en una comunidad como esta puedes dar rienda suelta a todos tus impulsos de mostrarte insultante, vulgar y ofensivo.

–Estoy muy bien educado –dijo Francis, tratando de dar un giro humorístico a la velada.

–¡Vete al infierno, Francis Weed! –gritó Julia, y la violencia de sus palabras hizo que la saliva salpicara el rostro de su marido–. He trabajado mucho para alcanzar la posición social de la que disfrutamos, y no estoy dispuesta a quedarme cruzada de brazos mientras tú la destrozas. Deberías haberte dado cuenta, al instalarte en un sitio como este, de que no ibas a poder vivir como un oso en una cueva.

–Tengo que expresar mis simpatías y mis antipatías.

–Puedes ocultar tus antipatías. No tienes que lanzarte de frente contra las cosas, como un niño. A no ser que estés ansioso de convertirte en un apestado, socialmente hablando. ¡No es una casualidad que tengamos muchas invitaciones! No es casualidad que Helen tenga tantas amistades. ¿Qué te parecería pasar las noches de los sábados en el cine? ¿Y los domingos amontonando hojas muertas? ¿Te gustaría que tu hija se pasara las noches en que hay baile sentada junto a la ventana, oyendo la música que tocan en el club? ¿Qué te parecería...?

Francis hizo algo entonces que, después de todo, no era tan inexplicable teniendo en cuenta que las palabras de Julia parecían alzar entre ambos un muro tan infranqueable que él empezó a marearse: la golpeó de lleno en la cara. Ella se tambaleó y luego, un momento después, pareció calmarse. Subió la escalera y entró en el dormitorio. No dio un portazo. Cuando Francis la siguió, pocos minutos después, la encontró haciendo la maleta.

–Julia, lo siento muchísimo.

–No tiene importancia –dijo ella.

Estaba llorando.

–¿Adónde vas a ir?

–No lo sé. Acabo de mirar un horario de trenes. Hay uno para Nueva York a las once y dieciséis. Tomaré ese.

–No puedes irte, Julia.

–No puedo quedarme. Eso está claro.

–Siento lo de la señora Wrightson, Julia, y te…

–Lo de la señora Wrightson no tiene importancia. No es ese el problema.

–¿Cuál es el problema, entonces?

–Que no me quieres.

–Te quiero, Julia.

–No, no me quieres.

–Julia, sí que te quiero, y me gustaría ser como éramos antes: cariñosos, carnales y apasionados, pero ahora hay demasiada gente.

–Me odias.

–No te odio, Julia.

–No te haces idea de lo mucho que me odias. Creo que es inconsciente. No te das cuenta de las cosas tan crueles que has hecho.

–¿Qué cosas crueles, Julia?

–Las acciones crueles a las que te empuja el subconsciente para expresar tu odio hacia mí.

–¿Cuáles, Julia?

–No me he quejado nunca.

–Dímelas.

–Tu ropa.

–¿Qué quieres decir?

–Me refiero a la manera que tienes de dejar la ropa sucia para que exprese tu odio inconsciente hacia mí.

–No entiendo.

–¡Hablo de tus calcetines sucios y de tus pijamas sucios y de tu ropa interior sucia y de tus camisas sucias! –Estaba arrodillada junto a la maleta y se puso en pie, enfrentándose a él, los ojos echando fuego y la voz desbordante de emoción–. Me refiero al hecho de que nunca hayas aprendido a colgar nada. Te limitas a dejar la ropa en el sitio donde cae para humillarme. ¡Lo haces a propósito!

Se derrumbó sobre la cama, sollozando.

–¡Julia, cariño! –dijo él, pero cuando ella sintió su mano en el hombro se levantó.

–Déjame en paz –soltó–. Tengo que irme. –Pasó rozándolo en dirección al armario y regresó con un vestido–. No me llevo ninguna de las cosas que me has regalado –añadió–. Dejo las perlas y el chaquetón de pieles.

–¡Julia, por favor! –Al verla inclinada sobre la maleta, tan indefensa por su capacidad para engañarse, Francis casi se sintió enfermo de compasión. Su mujer no se daba cuenta de lo desoladora que sería su vida sin él. No se daba cuenta del número de horas que la mujer que trabaja tiene que dedicar a su empleo. No entendía que la mayor parte de sus amistades existía dentro del marco del matrimonio, y que separada se encontraría muy sola. No entendía nada de viajes, ni de hoteles, ni de dinero–. ¡Julia, no puedo permitir que te vayas! No quieres darte cuenta, Julia, de que has llegado a depender de mí.

Ella echó la cabeza hacia atrás y se tapó la cara con las manos.

–¿Has dicho que yo dependo de ti? –preguntó–. ¿Es eso lo que has dicho? ¿Y quién te dice a qué hora tienes que levantarte por la mañana y cuándo has de acostarte por la noche? ¿Quién te prepara las comidas, te recoge la ropa sucia e invita a cenar a tus amigos? Si no fuera por mí, tus corbatas estarían llenas de grasa, y tus trajes de agujeros de polilla. Estabas solo cuando te encontré, Francis Weed, y solo estarás cuando te deje. Cuando tu madre te pidió una lista para mandar las invitaciones a nuestra boda, ¿cuántos nombres fuiste capaz de darle? ¡Catorce!

–Cleveland no era mi ciudad natal, Julia.

–¿Y cuántos de tus amigos vinieron a la iglesia? ¡Dos!

–Cleveland no era mi ciudad natal, Julia.

–Como no voy a llevarme el chaquetón de pieles –dijo ella con gran calma–, será mejor enviarlo de nuevo al almacén para que lo guarden. El seguro de las perlas caduca en enero. El nombre de la lavandería y el número de teléfono de la doncella... todas esas cosas están en mi escritorio. Espero que no bebas demasiado, Francis. Y que no te pase nada malo. Si tienes problemas serios, puedes telefonearme.

–¡Cariño mío, no puedo permitir que te vayas! –dijo Francis–. ¡No voy a dejar que te vayas, Julia!

La tomó entre sus brazos.

–Imagino que será mejor que me quede y siga cuidando de ti un poco más de tiempo –dijo ella.

Al ir a trabajar por la mañana, Francis vio a la chica cruzar el pasillo del vagón. Se quedó sorprendido; no se imaginaba que su instituto estuviera en Nueva York, pero llevaba libros, y parecía ir a clase. La sorpresa retrasó su reacción, pero después se levantó torpemente y salió al pasillo. Varias personas se habían interpuesto entre los dos, pero la veía delante de él, esperando a que alguien abriera la puerta del coche y luego, al virar bruscamente el tren, extendió la mano para apoyarse mientras cruzaba la plataforma camino del vagón siguiente. Francis la siguió atravesando todo aquel coche y la mitad del siguiente antes de llamarla por su nombre, «¡Anne! ¡Anne!», pero ella no se volvió. Luego continuó hasta el vagón siguiente, donde la chica se sentó por fin junto al pasillo. Al acercarse a donde estaba, con todos sus sentimientos cálidamente orientados hacia ella, Francis puso la mano en el respaldo del asiento –incluso ese contacto le produjo una especial tibieza–, y al inclinarse para hablar vio que no era Anne, sino una mujer de más edad que llevaba gafas. Siguió a propósito hasta el vagón siguiente, con la cara roja de vergüenza, y el sentimiento mucho más profundo de haber puesto en entredicho su buen sentido; porque si no distinguía una persona de otra, ¿qué pruebas existían de que su vida con Julia y los niños tuviera tanta realidad como sus sueños inicuos en París o como el lecho de paja, el olor a hierba y los árboles en forma de cueva del callejón de los amantes?

Después del almuerzo, Julia lo llamó para recordarle que salían a cenar aquella noche. Pocos minutos más tarde le telefoneó Trace Bearden.

–Oye, muchacho –le dijo Trace–. Te llamo de parte de la señora Thomas. Ya sabes, Clayton, ese chico suyo, no parece capaz de conseguir un empleo, y me preguntaba si tú podrías ayudar. Si llamaras a Charlie Bell (sé que está en deuda contigo), y hablaras en favor del chico, creo que Charlie…

–Trace, siento mucho tener que decir esto –respondió Francis–, pero me temo que no estoy en condiciones de hacer nada por ese chico. Es un inútil. Sé que estoy diciendo una cosa muy dura, pero es un hecho. Si tenemos consideraciones con él, nos saldrá el tiro por la culata y acabará dándonos a todos en la cara. Ese chico es un inútil, Trace, y eso no hay forma de superarlo. Aunque le consiguiéramos un empleo, no le duraría ni una semana. Estoy seguro de que pasaría eso. Es una cosa terrible, Trace, ya sé que lo es, pero en lugar de recomendar a ese chico, me siento obligado a prevenir a la gente contra él: a las personas que conocían a su padre y querrían, como es lógico, echar una mano y hacer algo. Es un ladrón…

En el momento en que terminaba la conversación, entró la señorita Rainey y se acercó a su mesa.

–No voy a poder seguir trabajando para usted, señor Weed –dijo–. Me quedaré hasta el diecisiete si me necesita, pero me han ofrecido un empleo maravilloso y quisiera marcharme lo antes posible.

Su secretaria salió, dejándolo que meditara a solas sobre la maldad que había cometido contra el hijo de la señora Thomas. En la fotografía, sus hijos reían y reían, adornados con todos los brillantes colores del verano, y Francis recordó que aquel día se habían encontrado a un gaitero en la playa y que él le dio un dólar para que les tocara el himno de batalla de los Black Watch. La muchacha estaría en su casa cuando volviera a Shady Hill. Él pasaría otra velada entre sus amables vecinos, escogiendo calles sin salida, caminos para carros y senderos de casas abandonadas. No había nada que calmase sus sentimientos –las risas de sus hijos o un partido de softball no lograrían cambiar nada– y, al pensar de nuevo en el aterrizaje forzoso, en la nueva doncella de los Farquarson, y en las dificultades de Anne Murchison con el borracho de su padre, Francis se preguntó cómo podría haber evitado llegar a donde se encontraba. Y donde se encontraba era en un aprieto. Se había perdido tan solo en una ocasión, al volver de un río truchero en los bosques del norte, y ahora lo dominaba el mismo sombrío convencimiento: toda la alegría, o la esperanza, o el valor, o el tesón no lo ayudarían a encontrar, en la creciente oscuridad, el camino perdido. Percibió incluso el olor a bosque. El sentimiento de desolación era intolerable, y Francis vio con claridad que había llegado el momento de elegir.

Podía ir a un psiquiatra, como la señorita Rainey; o a la iglesia, y confesar sus malos deseos; podía ir a un salón de masajes daneses en la zona oeste de las calles Setenta, recomendado por un viajante de comercio; podía violar a la chica o confiar en que, de alguna manera, se le impidiera hacerlo; o podía emborracharse. Se trataba de su vida, de su destino, y, como todos los demás hombres, estaba hecho para ser el padre de miles, ¿y qué mal podía haber en una cita de amantes que los hiciera ver el mundo a los dos más de color de rosa? Pero aquel razonamiento era erróneo, y Francis volvió a la primera posibilidad, al psiquiatra. Tenía el número de teléfono del doctor que trataba a la señorita Rainey; llamó y pidió ser recibido inmediatamente. Se mostró muy obstinado con la secretaria –era su manera de actuar en los negocios–, y cuando ella le dijo que no había ningún hueco en la agenda por espacio de varias semanas, Francis exigió hora para aquel mismo día y la secretaria le dijo que fuera a las cinco.

La consulta del psiquiatra estaba en un edificio utilizado fundamentalmente por médicos y dentistas, y los corredores conservaban el olor azucarado de los enjuagues bucales y el recuerdo de muchos dolores. El carácter de Francis se había formado mediante una serie de decisiones personales: decisiones sobre limpieza, sobre tirarse a la piscina desde el trampolín más alto o repetir cualquier otra proeza que pusiera a prueba su valor, decisiones sobre puntualidad, honradez y rectitud. Renunciar a la perfecta independencia con la que había tomado sus decisiones más vitales destrozaba su concepto de la integridad del carácter, y lo dejaba en una situación que tenía mucho de shock. Se sentía estupefacto. El escenario para su *miserere mei, Deus* era, como las salas de espera de tantos médicos, un tosco homenaje a los placeres de la felicidad doméstica: un lugar decorado con antigüedades, mesitas de café, plantas en macetas y grabados de puentes cubiertos de nieve y de gansos volando, aunque no hubiese niños, ni cama de matrimonio, ni siquiera cocina, en aquel simulacro de hogar donde nadie había pasado nunca una noche y donde las ventanas con visillos daban directamente a un oscuro pozo de ventilación. Francis repitió su nombre y su dirección a una secretaria y luego vio, a un lado de la sala, a un policía que se acercaba a él.

–No se mueva –dijo el policía–. Estese quieto. Deje las manos donde las tiene.

–Creo que está todo en orden, agente –empezó la secretaria–. Creo que sería…

–Vamos a asegurarnos –dijo el policía.

Y empezó a dar palmadas sobre la ropa de Francis, buscando… ¿pistolas, cuchillos, un punzón para picar hielo? Al no encontrar nada, se marchó, y la secretaria trató de disculparse, todavía con evidente nerviosismo:

–Cuando telefoneó usted, señor Weed, parecía muy excitado, y uno de los pacientes del doctor ha amenazado con matarlo, así que hemos de tener cuidado. ¿Quiere entrar ahora?

Francis abrió una puerta conectada a un carillón eléctrico, y una vez en la guarida del psiquiatra, se dejó caer pesadamente sobre una silla, se sonó la nariz con un pañuelo, se registró los bolsillos en busca de cigarrillos, de cerillas, de algo, y dijo con voz ronca y lágrimas en los ojos:

–Estoy enamorado, doctor Herzog.

Estamos en Shady Hill una semana o diez días después. El tren de las siete catorce ha llegado y se ha ido, y en algunas casas han terminado ya de cenar y la vajilla está en el lavaplatos. El pueblo pende moral y económicamente de un hilo; pero pende de su hilo a la luz del atardecer. Donald Goslin ha empezado una vez más a destrozar la sonata «Claro de luna». *Marcato ma sempre pianissimo!* Parece estar escurriendo una toalla húmeda, pero la doncella no le hace ningún caso: está escribiendo una carta a Arthur Godfrey. En el sótano de su casa, Francis Weed trabaja en una mesita para tomar café. El doctor Herzog recomienda la carpintería como terapia, y Francis halla cierto consuelo en los simples problemas aritméticos que ha de resolver y en el maravilloso olor de la madera nueva. Francis es feliz. Arriba, el pequeño Toby llora porque está cansado. Se quita el sombrero de cowboy, los guantes y la chaqueta con flecos; se desabrocha el cinturón adornado con oro y rubíes; se desprende de las balas plateadas y de las pistoleras; sigue con los tirantes, la camisa de cuadros y los pantalones vaqueros, y luego se sienta en el borde de la cama para quitarse las botas altas. Después de dejar todo el equipo en un montón, va al armario y descuelga su traje espacial. Le cuesta mucho trabajo ponerse las ajustadas medias de malla, pero lo consigue. Se ata con una lazada la capa mágica sobre los hombros y, subido en el pie de la cama, extiende los brazos y recorre volando la escasa distancia hasta el suelo, donde aterriza con un golpe audible para todos los habitantes de la casa menos para él.

–Vete a casa, Gertrude, vete a casa –dice la señora Masterson–. Hace una hora que te he dicho que te fueras a casa, Gertrude.

Ya se te ha pasado la hora de cenar, y tu madre estará preocupada. ¡Vete a casa!

En la terraza de los Babcock se abre de golpe una puerta y por ella sale la señora Babcock sin nada de ropa, perseguida por su marido, también desnudo. (Sus hijos están en un internado, y la terraza queda aislada por un seto). Corren por la terraza y vuelven a entrar por la puerta de la cocina, tan apasionados y bien parecidos como cualquier ninfa y cualquier sátiro que se puedan encontrar en las paredes de Venecia. Mientras corta la última rosa del jardín, Julia oye los gritos del viejo señor Nixon a las ardillas que se meten en el comedero para los pájaros:

–¡Bribonas! ¡Sinvergüenzas! ¡Fuera! ¡Quitaos de mi vista!

Un pobre gato cruza por el jardín, hundido en la más completa aflicción espiritual y física. Lleva atado a la cabeza un sombrerito de paja –un sombrero de muñeca–, y lo han abotonado a conciencia dentro de un vestido también de muñeca, de cuyas faldas sobresale el largo y peludo rabo. Al andar, sacude las patas como si se hubiera caído al agua.

–¡Ven aquí, gatito, ven aquí! –lo llama Julia–. ¡Aquí, gatito, pobre gatito!

Pero el gato le dirige una mirada de escepticismo y se aleja a trompicones con sus faldas. El último en aparecer es Júpiter. Salta atravesando las tomateras, sosteniendo en la boca generosa los restos de una zapatilla. Luego llega la oscuridad; esta es una noche en la que reyes con trajes dorados cabalgan sobre las montañas a lomos de elefantes.

Pau Gasol Valls

nacido en La Garriga el 1978, residente en Barcelona de forma intermitente. Graduado en Bellas Artes, ha realizado estudios de posgrado especializados en ilustración en la escuela Herramienta de Barcelona. Combina la docencia en la educación secundaria con el trabajo de ilustrador. En el terreno de la ilustración ha trabajado realizando todo tipo de encargos, tanto en publicidad como en el ámbito editorial.

JOHN CHEEVER

(Quincy, Massachusetts, 1912 - Ossining, Nueva York, 1982) fue uno de los escritores norteamericanos más destacados del siglo XX. Con apenas veinte años empezó a escribir relatos en *The New Yorke*r, con un éxito inmediato que le llevó a ser conocido por la maestría con que retrataba el espejismo del sueño americano, buscando siempre algo de luz entre el desencanto y la melancolía. Autor además de una sólida obra novelística, debutó en este campo con *Crónica de los Wapshot* (National Book Award, 1958), a la que siguieron *El escándalo de los Wapshot*, *Bullet Park, Falconer* y *¡Oh, esto parece el paraíso!* Sus *Diarios* y sus *Cartas* forman parte también de una obra monumental que le mereció el Premio Pulitzer en 1979 y la Medalla Nacional de Literatura en 1982, poco antes de su muerte.

Papel certificado por el Forest Stewardship Council®

Títulos originales: *The swimmer* – *Goodbye, my brother* – *The country husband*

Primera edición: octubre de 2025

Printed in Spain – Impreso en España

ISBN: 978-84-397-4514-3
Depósito legal: B-14.593-2025

Impreso en Gómez Aparicio S.L.
(Casarrubuelos, Madrid)

RH45143